FEMMES, MANIFESTEZ-VOUS !

Titre original : *Nirbachito Column*

ISBN : 2-7210-0456-5

TASLIMA NASREEN

FEMMES, MANIFESTEZ-VOUS !

Traduit du bengali par
SHISHIR BHATTACHARJA *et* THÉRÈSE RÉVEILLÉ

des femmes
Antoinette Fouque

Est-il vrai que qu'une femme libre
est une femme morte ?

« J'écris pour les femmes épuisées, opprimées, piétinées, envenimées par cette société. Les écrits rassemblés dans ce recueil d'articles choisis peuvent paraître très personnels. Ils le sont. Chacun, chacune de nous vit sa vie de façon très solitaire, finalement. Mais peut-être que rien n'est vraiment personnel et que ce sont simplement les cymbales du temps qui jouent toutes seules dans nos mains…

TASLIMA NASREEN
2 Mai 1992

NOTE DES ÉDITRICES

Les articles sur les femmes et la religion publiés ici ont été écrits par Taslima Nasreen en 1989 et 1990 pour la presse. Ils sont extraits du recueil *Nirbachito Column (Chroniques choisies),* édité au Bangladesh en 1991 et couronné par le Prix littéraire indien *Ananda Bazar Patrika* en 1992.

Ce livre qui dénonce avec force l'oppression des femmes par l'Islam et les appelle à « briser les chaînes de la religion » a connu un succès considérable au Bangladesh, où il a été diffusé à plus de 200 000 exemplaires. « *Les femmes savent pourquoi et comment elles sont opprimées. Mon livre ouvre de nouvelles voies vers la libération. Nombreuses sont celles qui ont changé de mentalité en le lisant, souvent à l'insu de leur mari qui leur en avait interdit la lecture* », dit Taslima Nasreen.

Dès la parution de ses premiers articles en 1989, les intégristes l'ont accusée publiquement d'offenser l'Islam, puis l'ont menacée de mort pour avoir pris position en faveur de Salman Rushdie et contre le port du voile. En 1990, ils ont demandé aux autorités d'interdire ses livres. Leur offensive a ensuite redoublé d'intensité. En septembre 1993, les tribunaux islamiques l'ont condamnée à mort en lançant une *fatwa* contre elle, après avoir obtenu l'interdiction de son roman *Lajja.* « *On ne me fera pas taire... Le Bangladesh doit devenir un état laïque. Il est urgent de remplacer le code de la famille, fondé sur les principes islamiques, par des lois garantissant aux femmes les mêmes droits que les hommes* », déclarait-elle en novembre 1993. Le 5 juin 1994, alors qu'elle s'était réfugiée dans la clandestinité pour échapper aux menaces, le gouvernement du Bangladesh a délivré un mandat d'arrêt contre elle pour « outrage aux sentiments religieux des citoyens ».

A l'heure où les intégrismes religieux et nationalistes privent les femmes des droits qu'elles ont obtenus depuis vingt-cinq ans, les éditions *Des femmes* publient aujourd'hui ces textes dans un geste de solidarité avec Taslima Nasreen et avec toutes celles qui luttent dans le monde entier pour leurs libertés et pour la démocratie.

Mobilisée depuis l'appel au secours que lui a adressé Taslima Nasreen le 2 juillet dernier, Antoinette Fouque est d'autant plus heureuse d'éditer *Femmes, manifestez-vous !*, que les initiatives qu'elle a prises pour aider l'auteur, ont contribué à écarter le danger immédiat qui pesait sur elle.

Août 1994

FEMMES, LIBÉREZ-VOUS DES MORSURES DE LA PEUR !

Je ne milite dans aucun parti politique. Je suis seule. Je n'appartiens à aucune organisation, aucune association, aucun comité. J'écris seule et je suis la seule responsable de ce que j'écris. Il n'y a personne derrière moi. Je ne dispose d'aucun soutien en cas de malheur et je n'ai suscité aucun regroupement d'admirateurs. Je me sens aussi seule qu'un point microscopique dans l'univers.

D'autres écrivains sont moins seuls. Je connais un homme féministe qui fait partie d'une association et qui publie des textes sur le bien-être des femmes. Je suis favorable à tout ce qui peut apporter du bien-être aux femmes, mais lorsque je vois cette association entraver l'action d'une force qui cherche, elle aussi, à apporter du bien-être aux femmes, je découvre le véritable enjeu de tels agissements. Ce qu'ils veulent, c'est du bien-être pour eux-mêmes et non pour les femmes. En dehors de ce qui peut leur procurer notoriété et richesse, ils n'agitent que du vent.

Ceux qui veulent mon arrestation et ma mort dans ce pays sont légion. Les fondamentalistes ont exigé du gouvernement qu'il m'inflige un châtiment exemplaire. Cette exigence ne me surprend pas. Elle est logique puisqu'ils font de la religion leur propriété personnelle et que je m'insurge contre les opinions religieuses délirantes. Tant que je resterai vivante, ils demanderont que je sois condamnée ou pendue. Ce qui me stupéfie, en revanche, c'est de voir apparaître dans toute sa laideur le visage féroce des progressistes qui m'attaquent plus ou moins ouvertement.

Je ne suis qu'un écrivain. J'écris pour les femmes humiliées, torturées, et comme les paroles douces sont restées jusqu'ici sans effet, j'ai choisi le parti de la mauvaise langue. Mes détracteurs les plus acharnés prétendent que je hais les hommes, et pour une personne qui apprécie mes écrits, plus de cent les détestent. Comment espérer mieux dans un pays où règnent l'obscurantisme et l'illettrisme ? La force physique s'est mise dans le camp de mes innombrables critiques, avec le soutien des Américains.

Tant pis pour moi si je suis seule. Il ne faut pas une force gigantesque pour anéantir une personne seule. On ne craint pas de l'insulter ; elle ne réagira pas puisqu'elle ne fait partie d'aucune association ni d'aucun groupe. On peut la diffamer puisque les calomnies se propageront aussi vite que l'air, sans qu'un courant contraire vienne les balayer. Il ne faut pas un grand courage pour étrangler une personne seule. Peut-être est-ce la nature humaine qui pousse à se laisser intimider ainsi par les puissants et à se rallier à l'opinion du plus grand nombre ? Les êtres humains se croient si faibles qu'ils font confiance aux forts et s'abritent derrière eux...

Je suis seule et c'est ma fierté. Je suis un écrivain qu'aucun parti, aucun groupe n'admire, et qui ne dispose d'aucun soutien. Mais la foule abêtie ne m'impressionne pas. Je suis seule, et c'est ma force solitaire qui me tient debout, sans appui, lorsque je crache au visage des puissances maléfiques. Comme peut se tenir debout, dans sa force terrible, une femme humiliée, misérable, en danger, sans abri.

Le doute et la peur sont les pires ennemis des femmes. Le doute enchaîne leurs pieds et la peur envahit leurs cerveaux. Elles doutent par peur d'être calomniées. Avec le poignard du doute elles se découpent en cent morceaux et en deviennent blêmes de peur. Cette pâleur des femmes est très appréciée ; on lui donne mille explications et on la pare de tous les attraits.

Femmes, libérez-vous des morsures de la peur pour vous tenir debout, droites et fières, non comme des lianes agrippées et dépendantes mais comme de grands arbres aux racines solides ! Une femme seule peut grandir, se déployer et faire croître toute une forêt.

MENACES DE MORT

À deux reprises, les islamistes, lettrés, hommes politiques et intellectuels confondus *, ont voulu ma mort. La première fois, ils m'ont accusée d'avoir pris position en faveur de la liberté de l'écrivain dans l'affaire des *Versets sataniques* de Salman Rushdie ; la deuxième fois, d'avoir critiqué le port du voile traditionnel, le *purdah*, par les femmes. Ils ont fait savoir dans un quotidien national que ma mise à mort serait conforme au code islamique, la *charia*.

Je n'ignore pas qu'ils peuvent me trancher la gorge à tout moment en criant « Allah est grand ». Ils en sont capables. Mais je n'ai pas peur. Je risque tout autant un accident en marchant dans la rue, ou de m'électrocuter chez moi avec n'importe quel appareil. Je fais partie de cette société et je dois affronter sa menace de cobra au cou dilaté qui m'inflige mille morsures.

J'ignore s'ils existent, ceux dont la voix n'est pas encore rouillée et dont la plume n'a pas encore trempé dans l'encre de la soumission. Sont-ils vraiment là ? Sont-ils si nombreux ? Ils savent que je défends la vérité mais ils hésitent à me soutenir parce que je suis une femme. Faut-il que je paie le crime d'être née femme en me laissant égorger en silence ?

* Au Bangladesh, l'Islam est religion d'Etat.

BRISER LES CHAINES DE LA RELIGION

Dès les débuts de la civilisation, la société et la religion ont gouverné les êtres humains, et comme les hommes étaient à la tête de la société de la religion, ils ont toujours exercé le pouvoir. Les femmes, quant à elles, ont certes été opprimées par la société et l'État, mais c'est surtout la religion qui leur a infligé les pires humiliations.

Lorsque le poids de l'oppression devenait intolérable, de nouvelles religions surgissaient, avec des règles plus douces. À la naissance du bouddhisme, des milliers de femmes bonzes se sont réfugiées dans la communauté bouddhiste, la *sangha*, pour échapper à l'oppression. Le sociologue allemand August Bebel explique dans son livre *La Femme et le socialisme*, que lors de l'apparition du christianisme, les femmes, comme tous ceux qui vivaient dans le malheur, se sont intéressées à cette nouvelle religion afin d'améliorer leur condition catastrophique. Mais le christianisme n'a pas réussi à arracher les femmes à leur sort. Il les a contraintes à obéir aux hommes. Comme l'a écrit Florence Nightingale, le Christ n'a accordé aucun droit aux femmes et la société, comme la religion, ne leur ont jamais assigné d'autre activité que le travail domestique. De nombreuses femmes ont adopté de nouvelles croyances à cause des humiliations que les normes sociales et religieuses leur faisaient subir. C'est pourquoi les Hindoues se sont converties à la religion *brahmo* *, par exemple, et c'est ce qui a poussé les femmes à s'intéresser à l'Islam, lequel interdit l'avortement et impose aux maris de verser un dédommagement ainsi qu'une pension alimentaire à leur épouse en cas de divorce.

Mais aucune religion ne respecte les femmes et ne leur reconnaît le statut d'être humain. Nonobstant les progrès de la science et notre connaissance actuelle du processus de création puis de développement de l'embryon, nous ne parvenons pas à nous débarrasser de la croyance que la femme est née de la côte d'un homme. La religion fait de la femme une marchandise, un objet précieux, une esclave domestique chèrement achetée : de tous les biens du monde, une femme fidèle est le bien suprême, dit l'un des textes sacrés.

Dans les textes de loi, quand un homme a des relations sexuelles avec une femme de moins de 15 ans même consentante, et qui peut être son épouse, ou avec toute femme de plus de 15 ans sans son consentement, qu'elle soit ou non son épouse, on peut considérer cet acte comme un viol. Et juridiquement, le viol est un crime. Mais dans le texte sacré du hadith Tirmizi, quand un homme appelle sa femme pour faire l'amour, elle doit accourir aussitôt si elle est en train de faire la cuisine, et peu importe qu'elle soit consentante ou

---

* Religion créée au Bengale au XIXe siècle, notamment par le père du poète Rabindranath Tagore, et qui a disparu aujourd'hui. Fondée sur les Upanishads, les textes sacrés de l'hindouisme, et inspirée de l'Islam et du christianisme monothéistes, elle refusait le culte des idoles et des images.

non. Dans le hadith Moslem, lorsqu'un homme demande à son épouse de le rejoindre sur sa couche, qu'elle refuse de le faire et qu'il en éprouve de la colère toute la nuit, les anges vont la maudire jusqu'à l'aube. Les femmes sont à ce point méprisées et infériorisées que le hadith Tirmizi enjoint les hommes, au cas où leur épouse commettrait une grave erreur, de ne plus l'accepter dans leur lit et de la frapper avec modération.

La religion a transformé les femmes en esclaves et leur dénie toute humanité. Elles ne sont que des objets de consommation. C'est pourquoi le hadith Ahmed les oblige à obéir à leur mari, quand bien même il leur demanderait « de marcher de la colline Zarad à la colline noire, puis de la colline noire à la colline blanche ». Les Bangladeshis font la prière, le jeûne du Ramadan et respectent les fêtes musulmanes, mais ils discutent rarement du livre sacré et des autres textes. Ils auraient interêt à le faire, car à force de respecter aveuglément les préceptes islamiques, ils vont finir par tarir leur fonds de commerce et par anéantir la superstition religieuse.

Les femmes ne sont pas des êtres humains puisqu'elles sont « un champ que vous pouvez cultiver quand vous le voulez ». Fort de cette autorisation accordée par l'ayat 223 de la sourate Bakara, le prophète Mahomet a dit que si un couple voyageait sur la selle d'un chameau et que le mari avait envie de faire l'amour, son épouse n'avait pas le droit de refuser. Que les jours de jeûne supplémentaires d'une femme ne comptaient pas si son mari n'était pas d'accord. Qu'il était interdit à une femme de se rendre quelque part ou de donner quelque chose à quelqu'un contre la volonté de son mari. Et que si une femme ne respectait pas ces injonctions, elle serait maudite par les anges.

Les femmes ne sont que des morceaux de chair destinés au plaisir des hommes. Et pour que le plaisir des hommes soit plus grand, ces morceaux de chair doivent se présenter sous des formes diverses. Comment en serait-il autrement puisque Hazrat Ali a dit que si une femme faisait du kebab avec l'un de ses seins, un curry avec l'autre et que son mari n'était toujours pas satisfait, elle serait jetée en enfer, aussi chaste soit-elle. En cette fin du XXe siècle, des hommes ont brûlé vive la pauvre Rup Kanwar sur le bûcher funéraire de son mari et ont éprouvé un immense plaisir lors de ce rite de la *sati*. Le paradis des femmes ne se trouve-t-il pas « sous les pieds de leurs maris » ? Tout en psalmodiant en silence de tels préceptes, les femmes triplement humiliées et torturées par la société, par l'État, par la religion, n'ont-elles pas le devoir de se souvenir que, conformément au texte sacré, « S'il fallait demander à quelqu'un de se prosterner devant une autre personne, je demanderais à chaque femme de se prosterner devant son mari » ? Un mari a tous les droits sur sa femme, a dit Allah ; elle lui appartient.

Le mouvement féministe est né au XVIIe siècle, et il a eu un certain impact dans l'Europe occidentale. Mais en Asie, en Afrique, en Amérique latine, les femmes sont tellement opprimées socialement, économiquement, politiquement, que leur libération sera impossible sans une transformation radicale des structures de la société et de l'État, ni sans rompre les chaînes de la religion.

LE VÉDISME ET LES FEMMES

Certains pensent que les femmes étaient très respectées à l'époque védique et que leur condition a brutalement changé avec l'arrivée de l'Islam. Il n'en est rien. Nous connaissons cette époque à travers les fouilles archéologiques, les inscriptions sur les tablettes de pierre ou de cuivre, les premiers *puranas* et la littérature bouddhique, mais les textes védiques fournissent un meilleur témoignage historique. Les plus connus d'entre eux sont les Samhitas, les Brahmanas, les Aranyakas, les Upanishads et les Sutras (Shrauta, Grihya et Dharma). Ces œuvres écrites entre le XIIe siècle avant Jésus-Christ et le IVe siècle de notre ère font apparaître l'image d'une société dans laquelle les femmes n'étaient pas considérées comme des êtres humains.

Il est écrit dans le Brahmana Aitereya que la plus parfaite des femmes doit satisfaire son mari, ne jamais le contrarier et donner naissance à des enfants mâles (3.24.27). Leurs qualités dépendent du degré de satisfaction des hommes, et celle qui ne satisfait pas son mari, qui est en désaccord avec lui et ne lui donne pas des fils est sans aucun doute la pire des femmes. Le Brahmana Shatapatha dit qu'une belle épouse sera aimée par son mari (9.6) ;

si elle n'est pas belle, elle ne sera pas aimée. Dès l'antiquité védique, on ne pardonne pas aux femmes d'être dépourvues de beauté, et ces textes iniques sont encore psalmodiés aujourd'hui avec le plus grand respect. Le Brahmana Shatapatha conseille aux hommes d'enfermer leur épouse à la maison, sinon elle perdrait sa force (14.1.1.31). Quelle idée saugrenue de lier la force à l'enfermement ! Les hommes seraient-ils moins forts parce qu'ils ne sont pas enfermés ?

Le bâton entouré de deux étoffes utilisé pour le sacrifice védique donne aux hommes, dit-on, le droit d'avoir deux épouses ; quant aux femmes, puisque deux bâtons ne peuvent entourer une étoffe, elles n'ont pas droit à deux maris (Samhita Taittiriya 6.6.4.3, et Brahmana Taittiriya 1.3.10.58). Pourquoi faire du bâton et des étoffes un symbole du couple, et pourquoi déduire le nombre de maris et d'épouses du nombre de bâtons et d'étoffes ? Est-ce une déduction logique ou une interprétation abusive ? Les textes sacrés sont injustement utilisés pour favoriser les hommes. Les femmes ne peuvent avoir qu'un seul époux même si leur mari a plusieurs épouses (Brahmana Aitareya 35.5.2.47). Et les hommes n'ont pas seulement droit à plusieurs femmes, ils peuvent aussi fréquenter les prostituées. Les femmes, elles, ne peuvent fréquenter des prostitués.

« La femme est sous la protection de son père avant son mariage, de son mari pendant sa jeunesse et de son fils pendant sa vieillesse ; elle n'a pas droit à la liberté » (5.1-2 ; 2.1 ; 3.44-45). Les premiers textes sacrés savent déjà comment enfermer les femmes dans la cage du père, du mari et du fils. Dans le Brahmana Shatapatha, elles doivent suivre les hommes (13.2.24). Dans l'Upanishad Brhadaranyaka, elles doivent « rester derrière l'homme », derrière tout le monde, avec les travailleurs. Même si leurs talents leur permettent d'avancer, les textes sacrés les maintiennent en arrière.

Lors de la cérémonie de mariage hindoue, le mari doit dire « Viens te joindre à moi pour donner naissance à des fils qui augmenteront mon patrimoine » ; la cérémonie se termine par des prières pour avoir des fils, des petits-fils, des esclaves, des disciples, des vêtements, des couvertures, des métaux, beaucoup de femmes, un roi, de la nourriture et la sécurité (Grihyasutra Hiranyakeshi 1.6.12.14). Si ces prières ne sont pas humiliantes pour l'époux, elles sont insultantes pour l'épouse. L'honneur des femmes étant bafoué par la société, l'époux peut prier en présence de sa nouvelle épouse pour avoir beaucoup de femmes. Pour sa famille, sa vie sociale et sa sécurité, il a besoin de fils, de petits-fils, de disciples et d'un roi. Mais pour son confort, il lui faut des vêtements, des couettes, des métaux, des esclaves et beaucoup de femmes. Les femmes sont aussi utiles que des vêtements et des couvertures.

« Le devoir suprême de la femme est de donner naissance à des fils », disent les Dharmasutras Apastambha (1.10.51-53). Les hommes ont donc le droit de répudier une femme après dix ans de mariage si elle est stérile, après douze ans de mariage si elle n'enfante que des filles, et après quinze ans de mariage si elle a donné naissance à un enfant mort-né. Ils peuvent aussi la répudier si elle a mauvais caractère (Dharmasutras Baudhayan, 2.4.6). Dans le Brahmana Shatapatha également, il est écrit qu'un homme peut abandonner une femme qui ne lui a pas donné de fils (5.2.3.14), et les Dharmasutras Bashistha lui accordent le droit de se remarier dans ce cas (28.2-3). Il faut des fils pour que les hommes se reproduisent et pour pérenniser la société patriarcale. Lorsqu'elles sont stériles, lorsqu'elles donnent naissance à des filles ou à des enfants mort-nés, les femmes sont coupables ; on les chasse de leur maison et on les exclut de la société.

Les femmes ne peuvent pas faire la *homa*, l'offrande de beurre dans le feu sacré (Sutras Apashtambha, 2.7.15.17), ni porter la cordelette sacrée des jeunes brahmanes lors de la cérémonie de l'*upanayana*. Elles n'ont pas droit à la *brahmacarya*, l'ancienne coutume indienne qui consiste à envoyer les adolescents vivre auprès d'un maître qui leur enseigne le savoir ; de ce fait, elles n'ont aucune possibilité d'étudier les Védas et de s'instruire. Pour réussir leur vie, elles doivent satisfaire leur mari par leur beauté et leurs vertus, et leur donner des fils. En Inde, à cette époque, les prostituées sont très cultivées, de sorte que les hommes tirent satisfaction à la fois de leurs épouses illettrées et des prostituées instruites. Ils ont tous les plaisirs à leur disposition.

L'Upanishad Brhadaranyaka précise que si la femme refuse de satisfaire le désir sexuel de son mari, il devra d'abord tenter de la faire céder avec des cadeaux mais que si elle persiste dans son refus, il peut alors la frapper de sa main ou avec un bâton (6.4.7). Les textes sacrés octroient aux hommes un pouvoir absolu sur les femmes et le droit d'en user à leur guise ; les allusions des textes à leur liberté de pratiquer la polygamie, d'avoir des maîtresses et de fréquenter les prostituées sont incessantes. Dans la société indienne d'autrefois, les femmes ont le choix entre deux sortes d'activités : les travaux ménagers et la prostitution. Elles ne disposent d'aucun bien personnel et ne peuvent hériter ni de leurs parents ni de leur mari. Dans le Samhita Maitriyani (3.6.3 ; 4.6 ; 4.7.4 ; 10.10-11) et le Samhita Taittiriya (6.5.8.2), elles n'ont pas le droit de s'instruire, d'acheter des biens et d'en tirer profit ; elles n'ont pas non plus celui de se dérober à un homme qui veut s'unir à elles contre leur gré. Elles n'ont droit à rien. Ni à l'instruction, ni à la propriété, ni même à la protection de leur corps. Elles ne doivent rien posséder qui leur soit propre ; pas le moindre bien matériel ou immatériel. Ces textes que l'on récite encore aujourd'hui avec le plus grand respect dépossèdent les femmes de tout.

Le Samhita Maitrayani dit qu'elles apportent le malheur (3.8.3). Le Brahmana Shatapatha recommande de ne jamais regarder les chiens, les *shudras* (les travailleurs, qui appartiennent à la dernière des quatre castes) et les femmes pendant le sacrifice (3.8.3). Lors des batailles, des fêtes et des sacrifices, on offre aux brahmanes ou aux invités de nombreuses femmes, en même temps que des vaches, des éléphants et des chevaux. Puisqu'elles sont considérées comme des biens de consommation, leur proximité avec le bétail ne choque personne, pas plus que leur appartenance à la caste honnie des intouchables, avec les *shudras* et les chiens. « La naissance d'une fille est une malédiction », lit-on dans le Brahmana Aitareya (6.3.7.13) ; les femmes enceintes doivent donc accomplir le rite du *pungshavana* pour donner naissance à un fils. « La femme est menteuse. Elle est une sorte de malédiction. Elle est un vice, comme l'alcool et les jeux d'argent », dit le Samhita Maitrayani (1.10-11 ; 3.6.3). Et dans le Samhita Taittiriya, « la meilleure des femmes qui a toutes les qualités est inférieure au pire des hommes ».

Cette infériorité rejette les femmes hors de l'espèce humaine. Le Brahmana Shatapatha oblige les femmes à manger après les hommes. Les Grihyasutras recommandent aux hommes de leur donner les restes de leurs repas (1.4.11) ; d'autres textes les exhortent à donner leurs chaussures et leurs vêtements usagés aux domestiques et les restes de leurs repas à leurs femmes. Les femmes sont des animaux ; on doit les nourrir comme les chiens et les chats. Dans les Dharmasutras Apashtambha (1.9.23.45), lorsqu'on tue une femme ou un *shudra*, la pénitence est la même que pour un oiseau noir, un vautour femelle, une mangouste, une taupe ou un chien, c'est-à-dire une journée de jeûne.

Puisque les textes sacrés placent les femmes dans la même catégorie que la femelle du vautour, la mangouste, la taupe, le chien ou le *shudra*, la société le fait aussi. L'Inde védique n'a pas reconnu aux femmes le statut d'être humain.Trois mille ans plus tard, on opprime les femmes comme au XIIe siècle avant Jésus-Christ. Seuls le système social et les moyens employés sont différents.

« INTERDIT AUX FEMMES »

Un jour, à l'entrée d'un cimetière, j'ai vu un panneau « Interdit aux femmes ». C'était la première fois. Jusque-là, je savais que l'entrée des cimetières était seulement interdite aux animaux. Il est probable, d'ailleurs, que les panneaux d'interdiction ne concernent que les animaux et les femmes.

Elles n'ont donc le droit d'entrer dans un cimetière que lorsqu'elles sont mortes. Serait-ce que la mort leur permet enfin d'être libres ?

ON TUE LES FEMMES

L'échographie est une technique à laquelle les médecins ont fréquemment recours aujourd'hui pour établir les diagnostics difficiles, lorsqu'un patient souffre de ballonnements, d'embarras gastriques ou de douleurs au ventre. Elle permet de savoir si un organe est atteint d'une tumeur bénigne ou cancéreuse, quelle est la position, la forme et la nature de la lésion. Ce formidable outil d'exploration médicale, récemment importé dans notre pays, facilite considérablement les soins.

Quand une femme est enceinte, on peut voir à l'échographie la forme et les mouvements du fœtus. À seize semaines, on peut aussi connaître son sexe. Mais faut-il saluer cette magnifique invention de la science quand on sait quel usage pervers en font certains ? Il arrive qu'on se serve de l'échographie pour savoir si le fœtus est de sexe féminin et pour décider dans ce cas d'avorter. Oui, on utilise l'échographie pour éviter d'avoir des filles, pour les empêcher de naître. Cette pratique est massive en Inde. Au Bangladesh, ce fléau menace car personne ne souhaite avoir des filles. On accepte une fille après la naissance de plusieurs garçons mais on refuse que les filles soient trop nombreuses et chacun s'efforce d'en faire le moins possible.

Réjouissez-vous donc, nagez dans le bonheur et faites de doux rêves. Désormais, aucune épouse n'aura plus à éprouver la honte insupportable, la douleur, l'insatisfaction, la colère, la tristesse et le chagrin qui la submergent à l'idée de donner le jour à une fille. Femmes enceintes, dansez de joie ! Empêchez les filles honnies de naître ! À l'époque des cavernes, les Arabes enterraient les filles dès leur naissance. Nous qui habitons aujourd'hui des immeubles, nous qui sommes instruits et civilisés, nous tuons aujourd'hui les fœtus de sexe féminin. Pourquoi ne le ferions-nous pas, nous qui brûlions encore, il n'y a pas si longtemps, les veuves sur le bûcher funéraire de leurs maris. Si les flammes qui dévoraient les *satis* se sont éteintes, elles restent profondément gravées dans nos mémoires et ancrées dans nos mœurs. On continue à brûler vives les femmes sur les bûchers de la dot, de l'oppression, de la tradition, des lois et de la religion. Et si l'on ne souhaite pas donner le jour à des filles aujourd'hui, c'est peut-être pour qu'elles ne soient pas sacrifiées ainsi, sur le bûcher des traditions et de la religion.

LA VALEUR DES FEMMES

« Il a de la chance, celui dont la femme meurt, mais il n'a pas de chance, celui dont la vache meurt », dit un vieux proverbe bengali qui reste d'actualité à l'aube du XXIe siècle. Un homme qui perd sa femme en trouvera facilement une autre et bénéficiera même d'une nouvelle dot, tandis qu'un homme qui perd sa vache devra trouver de l'argent pour en acheter une autre. C'est pourquoi les vaches ont davantage de valeur que les femmes. Récemment, à la frontière de l'Inde et du Bangladesh, un contrebandier bangladeshi a échangé une jeune fille contre six vaches indiennes. Beaucoup de gens ont trouvé cela honteux. Moi, j'ai été surprise. Quelle chance incroyable il a eue, ce contrebandier, d'obtenir six vaches sûrement plus prospères et plus productives qu'une maigre jeune fille bangladeshie ! Assurément, le contrebandier indien s'est fait berner dans l'affaire. Mais je lui suis infiniment reconnaissante d'avoir fait à une femme l'honneur de l'échanger contre six vaches, elle qui est tellement dévalorisée. Les femmes ont si peu de valeur aux yeux de la société des hommes cultivés qu'ils préfèrent les tuer avant qu'elles ne naissent.

Ces trafiquants qui ont donné six belles vaches contre une jeune femme ordinaire, pauvre, perdue et sans avenir, vont sûrement la prostituer et les beaux messieurs l'utiliseront au gré de leurs caprices. Et alors ? Ils font le même usage de leurs épouses, qu'ils obtiennent gratuitement. Tandis que cette pauvre fille vaut au moins six vaches. Tant mieux. C'est la preuve que la valeur des femmes est en train d'augmenter.

LE COÛT DE LA VIE

Tout est cher au Bangladesh, sauf les femmes. Les prostituées, les journalières, les misérables ouvrières des fabriques de vêtements s'achètent pour presque rien. La chair des femmes est moins chère que la viande d'agneau...

L'ERRANCE

Je voudrais pleurer, pleurer vraiment, une fois, avec les femmes du monde entier. Venez, pleurons ensemble. Lamentons-nous, face contre terre, sur notre sort. Crions tout haut, nous qui restons muettes comme les pierres, à regarder les autres jouir de tous les plaisirs et se jouer de nous, sans dire un mot. Pleurons une fois seulement d'être nées femmes, d'errer sans cesse d'une maison à l'autre, d'un pays à l'autre...

LE CODE DE LA FAMILLE, LE MARIAGE ET L'HÉRITAGE

La scène se passe dans un bidonville. Une jeune femme, qui semble vieillie avant l'âge, est avec un homme deux fois plus âgé qu'elle. Brusquement, l'homme l'attire violemment à lui, la prend par le cou puis la pousse. Elle tombe contre une palissade de bambou. Il lui lance deux coups de pied dans les reins puis la relève en la tirant par les cheveux. Il l'emmène dans une chambre. C'est son mari.

En les voyant, je n'ai pas été étonnée. Moi qui suis médecin et qui fais partie de la classe privilégiée, ne suis-je pas humiliée de la même façon ? On me pousse aussi après m'avoir prise par le cou. Je tombe aussi contre les murs et j'ai le visage en sang. Sur mes papiers d'identité, je suis une citoyenne privilégiée, mais qu'importe puisque je ne suis qu'une femme. Le code de la famille est le même pour la femme du bidonville et pour moi. Son mari, comme le mien, a le droit de prononcer trois fois le mot « divorce », *talak*, pour me répudier. Comme le mien, au gré de ses caprices, la religion lui accorde le droit d'être polygame et de prendre quatre épouses.

Ces droits, je ne les ai pas. Ma situation n'est pas différente de celle de cette jeune femme résignée à subir son sort et à élever ses enfants comme des animaux. La société m'effraie, je partage les valeurs de la classe moyenne, mais comme elle, je me résigne moi aussi à subir mon sort entre les quatre murs, les quelques meubles et la vaisselle qui me tiennent lieu de foyer.

Son regard terrorisé me fait souffrir. Les lois qu'ont inventées les hommes me lancent à moi aussi des coups de pied dans les reins. Il n'existe pas de différence fondamentale entre une femme issue d'une famille riche et moi, entre une femme instruite et une femme illétrée, entre la femme du bidonville et moi.

Le mot bengali *swami* signifie maître. Dans toutes les classes sociales, le mari est le maître de sa femme. En 1869, le philosophe anglais John Stuart Mill a écrit dans son livre *De l'Assujettissement des femmes* que le mariage était le seul domaine où persistait un esclavage légal. Notre code de la famille accorde aux hommes des droits absolus sur les femmes. C'est le fondement sur lequel les hommes exercent leurs prérogatives de maîtres, en s'octroyant cette liberté ignominieuse d'épouser et de répudier plusieurs femmes.

*

Les femmes naissent chez leurs parents puis vont vivre chez leurs beaux-parents, et lorsqu'elles héritent des deux familles, leur patrimoine peut devenir important. Pour cette raison, on les empêche d'en bénéficier : comme elles disposent dans ce cas d'un double droit à la succession, ce droit finit par ne leur être reconnu par aucune des deux familles. « Le chien du blanchisseur n'a droit ni au lavoir, ni à la maison », dit un proverbe bengali.

Dans le Samhita Maitrayani (5.6.4.), il est écrit que « la naissance d'une fille ne satisfait personne. Une fille n'a aucune valeur. Un fils, lui, n'est pas dénué de valeur. C'est pourquoi l'héritage ira au fils et non à la fille. Puisqu'elle part vivre ailleurs, sa valeur est insignifiante, négligeable ». Le Samhita Taittiriya précise que « les femmes sont dépourvues d'organes des sens. Elles n'ont aucune force physique et sont inférieures au plus inférieur des hommes. C'est pourquoi elles sont indignes d'hériter et d'obtenir le remboursement d'une dette ». Et l'on peut lire sous la plume des érudits Acharyas que « les filles peuvent êtres données en cadeau, vendues ou abandonnées, mais pas les garçons. Elles ne sont donc pas dignes d'hériter, contrairement aux garçons ».

Conformément au code islamique de la famille, au Bangladesh on accorde aux filles une part d'héritage qui correspond à la moitié de celle qui revient aux garçons. Cette discrimination en matière de succession explique certainement la persistance des inégalités dans tous les autres domaines.

Les femmes héritent du huitième des biens de leur mari, du sixième des biens de leurs enfants et d'une part des biens de leur père deux fois moindre que celle de leurs frères. Certains prétendent qu'elles obtiennent davantage que les hommes lorsque l'héritage de leur mari s'ajoute à celui de leur père. C'est faux, car si l'on prend l'exemple d'une famille composée d'une mère, de deux fils et de deux filles, lors du décès du père, la mère recevra 12,5% des biens de son mari. Le reste, soit 87,5%, sera divisé en trois parts : une pour chaque fils, et une autre partagée entre les deux filles. Les fils hériteront donc chacun de 29,16% des biens ; les filles de 14,58%. Et quand bien même elles hériteraient à leur tour de

12,5% du patrimoine de leur mari, leur part totale, de 27,08%, resterait inférieure à celle de leurs frères. Non seulement on n'aime guère que les femmes réclament les biens auxquels elles ont droit, mais à l'évidence, on leur refuse la qualité d'héritières à part entière, qu'il s'agisse des biens de leur père, de leur mari ou de leur fils.

Les parents préparent assidûment leurs filles à partir vivre chez leur mari, mais lorsque ce dernier les répudie, elles n'ont plus de maison à elles, ni chez leur père, ni chez leur mari, elles n'ont plus de lieu où se réfugier pour le reste de leurs jours. Une fois nées, elles mènent une vie errante et dénuée de droits puisque la loi ne leur accorde ni l'égalité d'héritage ni l'égalité sociale dans le mariage, alors qu'elles assument une part importante de l'activité économique. Ces discriminations en font des citoyennes de deuxième classe. Et le poids des traditions les empêche d'exercer les rares droits dont elles disposent. Si l'égalité d'héritage leur était accordée, elles auraient certainement des difficultés à prendre possession des biens qui leur reviennent et à les faire fructifier dans la situation sociale que nous vivons aujourd'hui.

À PROPOS DU VOILE

Certaines femmes se drapent aujourd'hui le haut du corps dans un tissu brodé de deux ou trois mètres qui ressemble à une écharpe. En parlant avec elles, j'ai appris que le tissu en question, de plus en plus porté en ville, était une sorte de *burkha* urbain, plus court que le *burkha* des villages qui descend encore jusqu'aux pieds. Dans la mesure où il habille une partie du corps en général recouverte par l'extrémité du sari, il s'agit d'un supplément vestimentaire que l'on peut qualifier de luxe. Et dans un pays où la plupart des femmes n'ont pas les moyens de se vêtir, ce luxe inutile me paraît à la fois indécent et fortement teinté d'inégalité.

La religion, tout comme la société et l'État, n'a jamais accordé aux femmes le respect qui leur est dû. Elle a placé les relations entre hommes et femmes sous le signe de l'inégalité et de la division : « Femmes, vous resterez à la maison et vous n'en sortirez jamais parées de vos plus beaux vêtements pour exhiber à autrui votre beauté et vos atours, comme le feraient les femmes de l'âge noir », dit la sourate Ahzab.

Mais sort-on de sa maison pour exhiber sa beauté ou ses atours, et l'attrait d'une femme ne provient-il pas davantage de ce qu'elle cache, comme on peut le vérifier dans l'expérience quotidienne ? Aucune religion n'a encore réussi à réprimer l'irrépressible attirance des êtres humains pour les vérités secrètes et cachées, pour les réalités invisibles et voilées, pour les choses interdites. Ils dévoilent, ils entrent, creusent au fond de la terre, de l'eau, du ciel et de l'humain lui-même, de plus en plus loin, pour se libérer de leurs chaînes et de l'obscurité. Telle est la nature humaine.

Le corps des femmes est beau, le corps des hommes aussi, et les hommes s'habillent tout autant que les femmes. Pourquoi obliger les femmes à se voiler ? Nous sommes sensibles, nous aussi, à la beauté et aux vêtements des hommes, et notre attirance physique pour le sexe opposé n'est pas moins forte que celle des hommes, la science l'a démontré. Pourquoi les hommes ne porteraient-ils pas le voile ? C'est quand surgit la violence de l'âge noir que les humains se cachent pour échapper à leurs semblables. Si l'obscurité disparaît, ils peuvent nouer des relations d'amitié. Et lorsque les hommes et les femmes peuvent coexister en se rendant la vie agréable, ils n'ont plus besoin de se voiler le corps.

L'âge de la barbarie est terminée depuis longtemps dans les pays arabes. L'obscurité a fait place aux lumières de la science qui ont permis à l'humanité de progresser vers la civilisation. À quoi bon se couvrir ainsi le corps ? Le voile témoigne d'une conscience excessive, voire d'une obsession du corps qui vise, par une attention incessante, à le rendre attrayant. Il serait temps d'accorder la priorité à l'activité et au travail. La personnalité n'est-elle pas plus importante que le corps ?

Le voile n'a jamais dissuadé ceux qui ont de mauvaises intentions. Il faut trouver autre chose que le *purdah* pour faire obstacle à la fureur sexuelle des hommes. Nulle part au monde on n'a réussi à faire disparaître les enlèvements, les viols et les meurtres de femmes. Ce n'est pas en faisant porter aux femmes la responsabilité de l'obsession des hommes ni en les obligeant à s'enfouir dans des vêtements religieux que l'on construira une société moderne capable d'améliorer le sort de tous.

« La femme est un objet secret. Quand elle ôte son *purdah*, Satan la rend désirable aux yeux des hommes », dit le hadith Tirmizi. Les femmes, pourtant, sont des êtres humains au même titre que les hommes. Lorsqu'une femme est désirable, ce n'est pas à l'intervention de Satan qu'elle le doit. Et lorsqu'un homme est débauché, il s'en prendra à elle, qu'elle soit voilée ou non. Il est le seul coupable ; Satan n'y est pour rien, pas plus que la femme qui a ôté son voile. L'homme n'a pas le droit de la rendre responsable des actes qu'il commet.

Tant que les citoyens ne seront pas instruits, tant que des réformes sociales et politiques n'auront pas été accomplies, la conspiration des intégristes sera un facteur de régression pour la population de ce pays. Les humains sont civilisés depuis longtemps. Ils portent des vêtements et ce progrès a ses avantages et ses inconvénients. Les accessoires inutiles font partie des inconvénients parce qu'ils sont un luxe qui tranche sur la pénurie ambiante. Certains exhibent une surabondance de vêtements, gaspillent la nourriture et ont de superbes maisons, tandis que d'autres ont à peine de quoi se vêtir, meurent de faim et habitent dans des bidonvilles, vivent sur des quais de gares ou dans la rue, comme les émigrants.

Les inégalités augmentent. Elles augmentent parce

que la religion est inégalitaire et qu'elle est soutenue par la complicité de la société et de l'État. Or tant que l'on persistera à nourrir ainsi les racines de l'injustice, on ne pourra pas y mettre fin.

VIOL CONJUGAL

Je me promenais un après-midi de janvier à Chittagong, dans le quartier d'Agrabad, comme je le fais chaque fois que j'arrive dans une nouvelle ville pour explorer les lieux. Lorsque je voyage, je passe rarement les premiers jours assise sur une chaise ou allongée au lit. Je pars me promener dans la ville jusqu'à ce qu'elle me devienne familière, ce qui ne veut pas dire qu'une fois découverte, elle ne m'intéresse plus ; je connais le Brahmapoutre depuis mon enfance, je le connais dans tous ses méandres, ses moindres vagues, jusqu'aux traces de pas dans le sable de ses rives, mais il reste le fleuve que je préfère au monde. Je me promenais donc dans le quartier d'Agrabad, à travers une rue défoncée où rien d'autre ne se profilait que quelques immeubles de deux ou trois étages, je flânais sans but cet après-midi là, l'esprit vacant, lorsque soudain, j'ai entendu un hurlement terrible.

Je n'ai pas compris sur le moment si c'était un hurlement de bête ou un hurlement humain. Je me suis posé la question un bon moment avant d'admettre qu'il s'agissait d'un hurlement humain. J'ai mis dix minutes, ensuite, à me rendre compte que c'était celui d'une femme. Et je suis allée en direction de la voix.

Je suis arrivée dans la maison d'une famille assez aisée. La porte était ouverte ; je suis entrée. Le salon était meublé d'un canapé de bois, d'un tapis, d'un poste de télévision et d'une vitrine d'angle, qui renfermait des livres, des plats en verre et plusieurs médailles. Quelques tableaux et des photographies étaient accrochés sur un mur ; en face trônait dans un cadre une image de la Ka'ba de la Mecque, frappée sur du velours, que les musulmans de ce pays ont depuis peu coutume de placer dans leur salon ; plus sa taille est imposante, plus grande est la respectabilité de la famille. Le hurlement venait de cette maison presque cossue.

Trois ou quatre personnes étaient là, des voisins semblait-il, venus comme moi pour savoir ce qui s'était passé. Ils étaient peu nombreux et paraissaient peu inquiets pour un hurlement aussi terrifiant, comme si l'incident leur avait paru banal, comme s'il était fréquent, comme si rien de grave ne s'était produit. Ils m'ont demandé d'où je venais et où je logeais plutôt que de chercher l'origine du cri. J'ai répondu à leurs questions mais je n'ai pu obtenir que de vagues informations. Je voulais en savoir davantage, rencontrer cette femme, parler seule avec elle, mais les circonstances ne s'y prêtaient pas. Je suis donc repartie en me promettant de venir la voir le lendemain.

Elle s'appelait Roton et avait environ 18 ans ; à cet âge, on se confie volontiers à une inconnue venue d'une autre ville et qui habite à proximité. Elle était seule ; son mari rentrait souvent tard le soir car il était fonctionnaire. Après avoir longuement parlé de la ville, du port, du prix des loyers, de l'école, du collège et des études, je lui ai demandé ce qui s'était passé la veille. Elle m'a aussitôt montré sans hésiter les nombreuses traces de coups qui marquaient tout son corps. Lorsque je l'ai invitée à me raconter sa vie pour aborder enfin le vif du sujet, surmontant rapidement la timidité naturelle des jeunes femmes de son âge, elle a accepté de me parler ouvertement bien qu'elle ne me connaisse pas.

À la fin de ses études secondaires, elle aurait voulu s'inscrire au collège mais ses parents l'avaient mariée. Et depuis qu'ils vivaient ensemble, son mari exigeait de faire l'amour avec elle cinq ou six fois par jour. Pour elle, c'était une épouvantable souffrance. Au début, elle avait accepté pour le satisfaire, en s'efforçant de supporter ses assauts en silence, mais depuis quelque temps, elle avait des douleurs vaginales si intenses qu'elle était obligée de se refuser à lui. Son mari avait alors recours à la torture ; il la battait avec une tresse de fils électriques. Lorsqu'elle persistait à ne pas céder, elle se mettait à crier, à pleurer, et parfois à pousser ces terribles hurlements.

« Vous n'aimez pas faire l'amour ? », lui ai-je demandé. Rougissante, tortillant ses doigts dans un pan de son sari, elle m'a répondu avec beaucoup de franchise et de simplicité « Si, quand il m'aime, quand il me parle avec douceur. Mais pas quand il m'insulte et me bat. » Et pourquoi la battait-il ? « Parce je ne vais pas le rejoindre au lit quand il m'appelle. » Elle était battue pour cette raison... J'ai voulu savoir si elle n'était pas révoltée d'être traitée ainsi et si elle n'avait pas envie de le quitter. « Pourquoi partir ? Il est permis par les hadiths de battre son épouse », m'a-t-elle répondu. Son mari le lui avait dit. J'ai aussitôt réagi en lui expliquant que son mari lui avait menti, que nulle part dans les hadiths il n'était écrit qu'un homme avait le droit de battre sa femme. En lui parlant ainsi, je ruinais tout son édifice de certitudes. Incrédule, elle a insisté en m'expliquant que tout le monde le disait. Je lui ai répété que tout le monde se trompait. On lui mentait.

Peu à peu, je suis parvenue à la convaincre qu'on lui mentait. Qu'on lui faisait croire cela parce qu'elle était peu instruite, peu aisée et dépendante. Que son mari n'était pas le seul à soutenir cette fausse vérité ; la société et l'État la lui inculquaient aussi. Qu'elle n'avait pas d'autre ambition dans la vie que de satisfaire son mari en lui préparant son riz et en lui offrant son corps. Et que s'il lui rompait les os à force de la battre, même ceux qui avaient pitié des chiens battus ne feraient rien pour elle.

Quelques jours plus tard, avant de quitter la ville, j'ai voulu revoir Roton. C'était un samedi matin, et lorsque j'ai frappé à sa porte, c'est son mari qui est venu m'ouvrir. Quand je me suis présentée, il s'est aussitôt renfrogné ; son front est devenu soucieux et ses narines se sont pincées. Il m'a fait entrer et m'a laissée seule. De l'autre côté de la cloison, j'ai entendu la conversation monter, puis se calmer. Juste après, Roton est entrée dans la pièce, suivie de son mari. En le regardant, j'ai d'abord vu cette bouche qui lançait des insultes ignobles à Roton, cette main qui la frappait si cruellement, et je me suis mise à le haïr, lui, sa bouche, ses mains, son corps, son être tout entier. J'ai été étonnée qu'il soit là, devant moi, cet homme qui avait tellement battu sa femme un après-midi de janvier que son hurlement avait été entendu dans tout le quartier. J'ai été surprise de voir son apparence si respectable ; il n'avait pas les cheveux longs, il était rasé de près, il portait des vêtements propres, il se rendait à la mosquée chaque vendredi et il se montrait avenant avec les autres...

J'ai expliqué à Roton que je m'en allais. Elle a esquissé un sourire. Son mari s'est alors avancé vers moi et m'a dit que j'avais eu tort parler à Roton comme je l'avais fait lors de ma dernière visite ; qu'on n'avait pas le droit de mentir ainsi. Je lui ai demandé à quel mensonge il faisait allusion. « Par exemple à ce que vous avez prétendu à propos du hadith », m'a-t-il répondu. Il s'est assis sur l'un des sièges et, m'invitant à en faire autant, il m'a dit sur un ton méprisant que je ne lisais sûrement pas le Coran ni les hadiths. Puis il s'est levé brusquement pour aller prendre cinq ou six livres épais ; en revenant, il affichait un sourire qui ne l'a pas quitté pendant toute la conversation. « Vous allez comprendre en lisant ces livres. Ensuite, vous ne pourrez plus dire n'importe quoi aux femmes pour les affoler. Vous aurez, vous aussi, une vie dans l'au-delà. Alors lisez ! », m'a-t-il lancé. Et il m'a montré un paragraphe souligné dans l'un des livres, qu'il m'a lu à haute voix : « Si un homme appelle son épouse pour faire l'amour, qu'elle se présente aussitôt, même si elle est penchée sur le feu pour faire la cuisine. » C'était un hadith islamique. Il en a cherché un autre : « Quand un homme demande à son épouse de le rejoindre sur sa couche, qu'elle refuse de le faire et qu'il en éprouve de la colère, les anges maudiront cette femme jusqu'à l'aube. » Puis il m'a lu le hadith Tirmizi : « L'épouse qui commet une erreur grave, ne l'acceptez plus dans votre couche et frappez-la avec modération »... Je n'arrivais pas à croire que ces préceptes étaient extraits des hadiths, mais j'ai pu vérifier par moi-même qu'ils s'y trouvaient vraiment.

J'avais du mal à accepter que dans ce monde civilisé, les livres servent à propager des paroles aussi injustes et aussi insultantes pour les femmes. Elles sont accueillies avec intérêt dans notre société. Les gens civilisés déploient même une grande ardeur pour répandre la barbarie religieuse.

CRIME MASCULIN

Le viol collectif d'une femme par quatre ou cinq hommes est qualifié de crime brutal. Je m'oppose à l'utilisation de cet adjectif « brutal ». Quatre ou cinq bêtes seraient incapables de commettre une telle ignominie. Au lieu de parler de crime brutal, on ferait mieux de dire « crime masculin ». On comprendrait mieux en quoi c'est un acte de barbarie.

LA POLITIQUE DU *PIR*

Il existe chez les hommes une glande appelée la prostate qui régule la fonction de deux hormones, l'androstérone et l'œstrogène, et qui commence à grossir vers la cinquantaine, surtout entre 60 et 70 ans. Avec l'âge, la production de ces hormones diminue, mais pas au même rythme, et le développement de la prostate est causé par un excédent d'œstrogène, ou plus exactement par l'écart de production des deux hormones. La maladie se manifeste par une fréquente envie d'uriner, d'abord le soir, puis tout au long de la journée, et par différents malaises : les patients ressentent des brûlures, urinent à peine quelques gouttes et contrôlent difficilement leur miction, qui s'accompagne parfois de légères pertes de sang. Lorsque les reins sont atteints, ils ne parviennent plus à uriner. L'augmentation du volume de la prostate provoque au début un regain d'appétit sexuel, mais à la longue le malade devient impuissant. Chez les vieux chiens, qui sont atteints eux aussi par cette maladie, l'expansion de la glande vers le haut rétrécit le rectum et provoque une envie continuelle de déféquer ; c'est particulièrement pénible de les voir souffrir lorsqu'ils tentent vainement de faire leurs besoins.

Ce qui m'intéresse ici, ce sont moins les problèmes des vieux chiens que ceux des vieillards qui s'obstinent à se marier à plus de 60 ans à cause de ce brusque retour de flamme. Certains poussent le vice jusqu'à justifier leur attitude par la nécessité d'avoir quelqu'un pour s'occuper d'eux, ou même par l'exemple du prophète Mahomet. Préférant ignorer que leurs appétits sont la conséquence passagère de la maladie, ils se marient, et pas toujours avec des femmes de leur âge. Il leur arrive souvent de chercher des épouses extrêmement jeunes. Or ils deviennent rapidement impuissants, une fois leur désir satisfait, et personne n'ignore qu'ils font connaître à ces adolescentes un sort tragique. Dans un pays comme le nôtre où les filles des familles pauvres sont fréquemment vendues contre de l'argent, des enfants innocentes dont la vie est un fardeau pour leurs parents sont confiées ainsi à la fatalité du destin et vouées à survivre péniblement avec tout juste un peu de riz et à peine de quoi se vêtir.

Ces pratiques sont très répandues parmi les gourous islamiques du Bangladesh, qu'on appelle les *pirs*. Le *pir*, terme persan qui signifie « vieil homme », est chez nous le plus respecté des escrocs. Je n'en connais pas un seul qui n'ait pas été un collaborateur pendant la guerre d'indépendance de 1971 contre le Pakistan, et leur principale spécialité est la malhonnêteté en tout genre. Sous leur longue barbe et leur long manteau, ils cachent deux obsessions : l'argent et les femmes.

Il y a quelques années, les frasques sexuelles du *pir* Khazababa ont déclenché à Pabna un énorme scandale, connu dans tout le pays ; Khazababa est maintenant sorti de prison et a repris ses activités de gourou islamique. En ce moment, les journaux parlent beaucoup des perversions du *pir* polygame Matiur Rahman, de Shimulia. Celui de Sharshina était connu pour ses positions contre l'indépendance, et celui d'Atroshi continue de critiquer sans vergogne la sécession du Bangladesh, où il vit pourtant. Un homme qui habite dans les palais luxueux des quartiers chics de la capitale et fait des affaires avec l'argent de ses disciples n'est pas un honnête homme. La plupart des *pirs* contrôlent aujourd'hui la vie politique du pays. On m'a dit que celui d'Atrashi avait le pouvoir d'octroyer des portefeuilles ministériels quand il était content de quelqu'un. L'image du *pir* n'est plus celle d'un sage musulman mais d'un escroc et d'un obsédé sexuel. D'un vieux pervers entouré de petites filles.

La quatrième épouse du *pir* de Shimulia, Matiur Rahmana, n'a que 13 ans. J'ignore s'il souffre de la prostate. Quoi qu'il en soit, les hommes n'ont pas besoin d'être malades pour être pervers puisque la société et la religion leur accordent une liberté illimitée dans ce domaine. Ils ont le droit d'utiliser les femmes comme bon leur semble. Certains y voient même une preuve de virilité.

LA DOMESTIQUE ET LE CORAN

C'est un homme respectable, très satisfait de son sort ; sa vie de famille est sereine et ses activités sont prospères. Il n'a pas d'inquiétude pour sa vie dans l'au-delà. Il part à son bureau le matin après son petit déjeuner ; il mange à midi avec sa femme et ses enfants ; il rend visite à ses parents et à ses amis l'après-midi. Son avenir ne le tourmente pas plus que son passé. Mais depuis quelques jours, il est inquiet. Un événement terrible s'est produit dans sa vie. Il était en train de réciter en arabe « Je te salue, Allah miséricordieux », à la fin de sa prière de l'après-midi, quand il a tourné la tête et aperçu Zarina, la jeune domestique de 15 ans. Elle faisait une pause, le dos appuyé contre les colonnes de la véranda. Il n'a pas pu détacher son regard. Il n'a pas pu terminer sa prière.

Il ne cesse de la regarder depuis à la dérobée sans que les autres s'en aperçoivent. Elle attise son désir, et plus elle embrase jour après jour le feu de son corps, plus il réprime son envie. Son épouse est belle et instruite, mais c'est ce corps épuisé de travail, ce corps baigné par l'odeur de transpiration qui l'attire. Peu à peu, son désir devient irrépressible. Un jour, n'y tenant plus, il rentre chez lui plus tôt que d'habitude. La maison est déserte mais

Zarina est là. Il lui glisse un billet de cent takas dans la main et lui demande de ne rien dire à personne. Le serpent gémit dans le corps de l'homme.

Mais on ne couvre pas le feu avec la cendre. Tout le monde finit par comprendre la situation. Son épouse pleure ; ses enfants se lamentent ; les voisins s'en mêlent. L'homme respectable est devenu fou depuis qu'il connaît la saveur différente du corps de Zarina ; il refuse violemment de la chasser de la maison. Ses amis et les gens âgés de sa famille qui viennent discuter au salon pour tenter de trouver une solution disent qu'il ne mérite pas d'être mis au ban de la société. Sa faute n'est pas grave ! Un homme a droit à des petites fantaisies de temps en temps ! Lui qui travaille avec acharnement toute la journée, il peut bien s'écarter un peu du droit chemin quand il rentre chez lui ! D'ailleurs, il ne s'écarte pas du droit chemin puisque dans le Coran, il est écrit qu'un homme peut faire l'amour avec une domestique : Si vous craignez de vous montrer injuste avec les orphelines, mariez-vous avec celle qui vous plaît, et si vous craignez d'être injuste avec deux, trois ou quatre femmes, prenez-en une seule accompagnée de sa domestique sur laquelle vous avez des droits, dit la sourate Nisa à l'ayat 3, ruku 5. Toute femme vous est interdite et les épouses des autres vous sont interdites, même si leur beauté vous émerveille, mais cet interdit ne concerne pas vos domestiques, dit la sourate Azhab à l'ayat 52. Ceux qui maîtrisent leur sexualité avec les femmes, excepté leurs épouses et leurs domestiques, on ne leur fera aucun reproche, dit la sourate Maariz à l'ayat 29-30, ruku 1.

Les hommes ont le droit de faire l'amour avec leurs domestiques ; ce n'est pas un péché. Ils n'ont pas seulement l'autorisation de prendre, pour en faire usage, les maisons, l'argent, les réserves de céréales, les chevaux et les femmes d'un ennemi vaincu dans une bataille ; Allah dit aussi qu'ils ont légitimement droit aux femmes pour lesquelles ils acquittent un paiement et à celles qui leur sont offertes en cadeau (sourate Ahzab, ayat 50, ruku 6). Les domestiques et les esclaves ne sont donc nullement interdites.

Ayant ainsi reçu l'aval de ceux qui gouvernent la société, l'homme n'est plus inquiet. Il est même encore plus satisfait de son sort. Comme à l'accoutumée, il part à son bureau le matin après son petit déjeuner, il mange à midi avec sa femme et ses enfants, il se rend l'après-midi au musée, au zoo ou chez ses amis. Et quand l'envie lui en prend, il peut faire l'amour avec Zarina, Fatima, Ayesha ou Selina. Sa femme aimerait protester, elle souffre beaucoup et pleure sans cesse. Mais il va bien falloir qu'elle se résigne à accepter ce qui est écrit dans le Çoran. Les hommes ont droit aux privilèges que leur accorde Allah.

CONTAMINATION

Lorsqu'on est médecin, on doit poser toute une série de questions aux patients pour remplir leur dossier médical, et les hommes sont souvent extrêmement surpris qu'on leur demande s'ils ont des relations sexuelles avec des prostituées. « Jamais de la vie, quelle horreur ! », s'exclament-ils en repoussant l'idée d'un geste de la tête. Mais si l'on insiste, ils finissent par regarder à droite et à gauche pour s'assurer que personne d'autre ne les entendra, puis par avouer d'une voix presque inaudible, parce qu'ils souhaitent guérir, que oui, de temps en temps, ça leur arrive. Quand on leur demande s'ils sont mariés, ils répondent souvent qu'en effet, ils le sont. Et si on leur pose ensuite la question « Alors ? », ils ne disent plus rien. Ils se contentent d'afficher un large sourire.

Ces hommes ont entre 12 et 72 ans. Ils exercent toutes sortes d'activités ; ils sont étudiants, professeurs, commerçants, chômeurs, ouvriers, policiers, avocats, ingénieurs, employés, fonctionnaires ou industriels. Ils fréquentent régulièrement des prostituées et sont syphilitiques. Je n'ai pas à les juger mais je proteste contre le fait qu'ils contaminent des femmes. Ils transmettent le poison de leur vice dans le corps de femmes en bonne santé.

Je connais une femme de 30 ans contaminée par son mari, dont la vie a été détruite ainsi. Son système nerveux était atteint et son corps presque paralysé. Ses voisins, parents et amis, tous ceux qui lui voulaient du bien, étaient convaincus qu'elle était possédée par le diable. Les fakirs et les guérisseurs ont tout tenté pour l'exorciser. Très vite, elle n'a plus eu la force de quitter son lit. Deux mois plus tard, elle est morte sans jamais rien dire à personne.

Ce genre d'exemple est fréquent. Personne ne sait pourquoi il y a tant de fausses couches et d'enfants mort-nés ou atteints de malformations. Ces fléaux sont dus à la syphilis. C'est souvent le premier cadeau que fait un mari à une femme vierge au cours de leur nuit de noces.

J'aimerais demander à chaque jeune fille d'exiger que son futur mari fasse un test de dépistage avant le mariage. Si le résultat est négatif, vous pourrez vous marier sans inquiétude. Mais s'il est positif, n'hésitez pas : rompez immédiatement les fiançailles.

AGRESSIONS

J'avais 18 ou 19 ans, et un après-midi, en sortant du cinéma à Mymensing, j'ai pris pour rentrer un rickshaw qui se frayait avec peine un chemin dans la foule. Soudain, alors que nous étions à l'arrêt, j'ai ressenti une horrible douleur. Un gamin de 12 ans, en chemise et en *londji*, venait de m'écraser une cigarette sur le bras droit. Je ne le connaissais pas ; je ne l'avais jamais vu. J'ai été pliée de douleur. Il a disparu en riant, sans une once de culpabilité. J'ai eu envie de crier, d'appeler au secours, de courir le rattraper, de demander aux passants de lui administrer une bonne correction, mais je ne l'ai pas fait.

Les femmes ont un sixième sens et je savais déjà que si je m'étais lancée à sa poursuite ou si j'avais appelé à l'aide, les gens se seraient contentés de me scruter pour évaluer ma beauté et se seraient réjouis de me voir souffrir, crier ou pleurer. Certains auraient peut-être compati ou voulu savoir ce qui s'était passé par curiosité ; quelques-uns l'auraient attrapé pour le corriger ; d'autres auraient immédiatement profité de l'occasion pour connaître mon adresse et le nom de mon père. En fait, ils se seraient ri de moi et de ma détresse, ou ils auraient regardé mes jolis bras nus avec insistance sous prétexte de voir ma brûlure, et quand je serais repartie, ils m'auraient sifflée en chœur. J'ai donc préféré garder ma douleur pour moi. J'ai toujours la cicatrice de la brûlure au bras droit.

À quoi bon accuser ce gamin illettré quand les hommes instruits ne sont guère plus évolués que lui ? Dans la rue, sous mes yeux, un garçon s'est enfui un jour après avoir pincé la cuisse d'une de mes amies ; un autre a volé l'écharpe que portait ma sœur. Dans la foule, mille mains invisibles palpent les seins et les fesses des femmes, et ce ne sont sûrement pas que des mains illettrées. Je ne proteste jamais contre ces agressions car je me dis que j'ai de la chance que personne ne m'ait encore défigurée en me lançant du vitriol. De la chance de ne pas avoir été violée par un troupeau d'hommes. De la chance d'être toujours en vie. Et je redoute ces violences car j'ai commis un crime, celui d'être née femme. Malgré mes diplômes, ma culture, mon métier, je ne suis pas un être humain, je suis moins que rien. Une femme a beau avoir toutes les qualités, dans ce pays, elle n'est pas considérée comme un être humain.

Beaucoup d'hommes raffinés et sensibles qui font partie de notre élite sociale pensent que l'agression que j'ai subie en sortant du cinéma de Mymensing est un incident personnel, d'ordre privé. En le qualifiant ainsi de « privé », ils veulent éviter d'en assumer la responsabilité. Comme moi, les femmes qui circulent dans la rue ne réagissent pas aux commentaires indécents qu'on fait sur leur passage. Toutes les adolescentes savent qu'aucun gamin inconnu ne se sentira coupable de leur cracher au visage de la salive mêlée de restes de bétel. Vol, vitriol, rapt, viol, meurtre, elles peuvent s'attendre à n'importe quel acte de violence. Quand elles marchent dans la rue, il n'est pas rare qu'on leur lance deux ou trois pierres. Il y a deux mois, l'écharpe d'une jeune fille assise dans un rickshaw a pris feu parce que quelqu'un avait jeté une cigarette sur elle. Ce spectacle a dû amuser les passants. Jadis, les humains qui habitaient les cavernes enterraient les petites filles dès leur naissance. Les siècles ont passé depuis mais nos mentalités n'ont guère évolué.

À Mymensing, à plusieurs endroits, notamment près des écoles ou des collèges de filles et aux abords des salles de cinéma, il y avait des pancartes installées sur des poteaux de bois. Elles portaient une inscription : « Faites appel à la police si vous êtes agressé par des voyous ». Elles ne sont pas restées longtemps en place. Les voyous ont dû ôter les poteaux car ils avaient l'habitude de s'y adosser en masquant l'inscription pour siffler les filles qui passaient. Le plus comique, c'est qu'un jour, les filles ont dû faire appel aux voyous pour les débarrasser d'une patrouille de policiers…

PUBLICITÉ

La publicité utilise le corps des femmes. L'exhibition de leur corps dans ses plus beaux atours éclipse la marque et c'est ainsi, grâce à elles, que le produit devient célèbre, pour le plus grand profit des commerçants. Mais que deviennent celles qui sont transformées en marchandises ? On se sert des femmes pour toutes sortes de publicités dans notre pays. Les publicitaires font de leurs yeux, de leurs sourcils, de leur nez, de leur sourire, de leurs seins volumineux et fermes, de leurs mouvements de danse des produits bien plus efficaces que ceux du marché. Rasoirs, cigarettes, vêtements, chaussures, chaussettes, shampooings, savons, pour tous ces produits, ils mettent en scène des femmes dont la présence n'est pas indispensable.

En réalité, elles ne font rien d'autre qu'être utilisées. Et dans notre société, c'est le principal destin des femmes d'être utilisées.

L'ARME FATALE

Cher lecteur, c'est à vous que je m'adresse. Quand vous avez l'impression qu'une femme a été injuste ou trop arrogante avec vous, quand vous voyez passer une jeune fille dont la démarche vous semble trop assurée ou qui a l'air de se moquer de vos appréciations, ne vous donnez pas la peine de l'attaquer. Vous pouvez vous venger beaucoup plus facilement. Vous disposez d'une arme virile et fatale avec laquelle vous pouvez la rabaisser, détruire son orgueil, c'est-à-dire son être même, la briser en morceaux si elle se tient trop droite, lui faire baisser la tête si elle ne fait pas preuve d'assez de soumission.

Cette arme n'est ni une machette, ni un couteau ; en la tuant ainsi, vous risqueriez de vous retrouver devant un tribunal et un procès coûte cher. Ce n'est pas non plus un revolver ; les coups de feu risqueraient d'ameuter la foule. Et ce n'est pas le vitriol, qui n'est guère efficace à ce qu'on dit, car si l'on vise mal, on n'atteint pas les joues ni les yeux. Cette arme fatale que vous brûlez de connaître, j'en suis sûre, n'est pas un instrument moderne ni un moyen ordinaire. Ce n'est pas la corde de la pendaison. Ni les deux mains de fer qui étranglent. Ni le rasoir qui égorge. Ni même les chaussures qui servent pour les coups de pieds. Cette arme que je possède, moi aussi, et dont vous êtes de plus en plus impatients de savoir le nom, vous allez croire que je la cache. En vérité, vous la connaissez aussi bien que moi. Vous l'avez au bout de la langue. C'est un simple mot : « pute ! ».

Avec ce mot, vous pouvez faire tout ce que vous voulez, vous promener tranquillement dans la rue ou rester couché dans votre chambre. Il est plus tranchant, plus meurtrier que toutes les armes et il agit tout seul. Il sonne tellement bien à l'oreille qu'il s'est propagé comme une traînée de poudre d'une maison à l'autre, de quartier en quartier. La réputation d'une femme est aussi fragile que le cristal ; comme lui, une voix humaine peut la briser. Ne soyez plus inquiet, cher lecteur. Avec cette arme, vous ne risquez ni le tribunal ni la prison. Vous n'aurez même pas à vous justifier d'en avoir fait usage.

Quand vous prononcez ce mot, vous ne pouvez pas savoir l'effet qu'il produit. Pour cela, il faudrait que vous renaissiez femme et je suis moi-même incapable de vous décrire tous les ravages qu'il exerce dans notre société. Mais si vous avez une sœur et que vous l'injuriez ainsi, soyez attentifs ; vous pourrez vous rendre compte des dégâts qu'il provoque et vous admettrez avec moi qu'il s'agit d'une arme redoutable.

La réputation est un bien précieux, et si les hommes ne s'en soucient guère, les femmes sont obligées de protéger la leur car elle constitue leur valeur. Une valeur qui leur permet de se vendre plus cher et d'enrichir tous ceux qui font commerce de la réputation des femmes dans notre société. Mais je vais à présent vous quitter, cher lecteur, car j'aimerais m'adresser aux femmes.

Chère lectrice, l'arme dont je viens de parler aux

hommes, ils la connaissent et ils s'en servent depuis longtemps. Si je l'ai évoquée ici, c'est pour leur montrer que nous savons quelles stratégies ils utilisent. Et une stratégie devient inefficace quand elle perd tout son mystère. En guise de conclusion, je vous dédie, chère lectrice, ce poème intitulé Réputation :

Toi qui es une femme, souviens-toi.
Dès que tu auras passé le seuil de ta maison,
Ils te jugeront.
Dès que tu marcheras dans la rue,
Ils te suivront et te siffleront.
Et quand tu arriveras sur l'avenue,
Ils te traiteront de pute.

Si tu es sotte,
Tu reviendras sur tes pas.
Si tu ne l'es pas,
Tu poursuivras ton chemin.

NASHTA

On utilise le mot *nashta*, pourriture, pour désigner non pas un homme mais une femme. Comme la noix de coco, comme les œufs, comme tout autre aliment, les femmes sont transformées en pourriture. Et les jeunes femmes instruites de ce pays prennent soin de se distinguer de cette pourriture. Pourquoi se tenir à l'écart ? Toutes les femmes sont opprimées d'une façon ou d'une autre, et établir entre elles une distinction de classe me semble une absurdité. C'est parce qu'elle est pourrie que cette société s'empresse de qualifier les femmes de pourriture à la moindre occasion.

INTERDITS

À l'entrée des mosquées, on aperçoit de loin un écriteau. J'ai longtemps cru qu'il était posé là pour interdire l'entrée des lieux aux animaux. Mais non. Le jour où je me suis approchée pour le lire, j'ai vu « Interdit aux femmes ». Les interdictions sont le lot des animaux et des femmes.

Je suis née dans une petite ville, tout près du Brahmapoutre qui n'est à cet endroit qu'une petite rivière. J'ai passé les meilleurs moments de mon enfance au bord de cette rivière. L'après-midi, nous construisions des maisons de sable et lorsque le soir tombait, nous les détruisions avant de rentrer chez nous. J'avais à peine dix ans. Lorsque maman faisait la cuisine et qu'elle manquait de gingembre ou de sel, elle m'envoyait les chercher à l'épicerie d'à côté. Si j'avais envie de manger du riz soufflé le matin, du tamarin à midi ou des cacahuètes pour le goûter, je courais en chercher.

Puis les mois ont passé. Un jour, sans me donner la moindre explication, on m'a interdit d'aller chercher des friandises chez l'épicier. J'ai posé des questions. On m'a répondu que j'étais grande désormais, et que les filles n'avaient pas le droit de sortir quand elles étaient grandes. Elles devaient rester à la maison, aider à faire le ménage et lire des livres religieux si elles avaient du temps. Ce fut pour moi le début des interdits. Je ne suis pas une exception : à cet âge, chaque fille devient prisonnière du cercle rouge des interdits.

Quand j'ai été plus grande, on m'a interdit de rester à la fenêtre, d'aller sur le toit-terrasse l'après-midi, d'aller chez l'épicier acheter des oignons ou du gingembre quand il en manquait à la cuisine. C'est alors qu'on m'a confectionné trois pantalons longs que les femmes portent à la maison. Trois pantalons pour moi toute seule et personne ne me l'avait dit ! J'ai été très heureuse, mais très vite dépitée. Je n'avais plus le droit de porter des pantalons courts. Les interdits se multipliaient.

Un après-midi, ma mère a coupé en quatre l'un de ses saris et m'en a drapé un morceau autour des épaules. « Tu porteras cette écharpe à la maison » m'a-t-elle dit. J'ai rougi, mais elle n'a pas prêté attention à ma réaction. Un peu plus tard, elle m'a giflée parce que j'avais touché le Coran un jour où j'avais mes règles. Quand on a le corps impur, on ne doit pas être en contact avec les objets sacrés. Elle m'avait souvent répété que les chiens étaient des animaux impurs. Ce jour-là, j'ai compris que les femmes pouvaient aussi, parfois, être impures.

Notre grand jardin était rempli d'arbres fruitiers, manguiers, mûriers, jaquiers, goyaviers, où j'adorais grimper quand j'étais petite. Tant que je suis restée enfant, j'ai eu le droit d'y grimper, de jouer au jardin et de m'amuser sur la balançoire, avec l'assentiment de tous. Dès qu'on a considéré que j'étais devenue grande, tous ces jeux m'ont été interdits. Les filles ne grimpent pas dans les arbres ; elles pourraient les faire mourir...

Un été, en vacances chez mes oncles, j'ai pris une petite bouffée de cigarette dans la chambre du plus jeune d'entre eux. Dès que les autres l'ont su, ils m'ont rouée de coups car les filles n'ont pas le droit de toucher aux cigarettes. Une autre fois, en allant un matin au collège, un garçon de mon âge a glissé dans ma main un billet doux où il avait écrit que je lui plaisais. Les jours suivants, il m'a attendue sur le chemin pour m'accompagner. Aussitôt, mes parents se sont arrangés pour que quelqu'un d'autre m'amène le matin et me ramène le soir. Je n'ai plus eu le droit d'aller toute seule à l'école. Au collège, le gardien, qui s'appelait Gogon, laissait les garçons sortir à leur guise, mais pas les filles. Il restait assis sur un tabouret à l'entrée du bâtiment et nous empêchait de franchir la porte. Nous nous plaignions souvent que les garçons soient les seuls à pouvoir sortir. Il nous répondait que c'était interdit aux filles. Que cela nous plaise ou non, nous devions rester au collège de dix heures du matin à cinq heures du soir. Aujourd'hui, Gogon est parti en retraite, mais tant qu'il a été gardien du collège, il n'a jamais laissé une seule fille passer la porte avant cinq heures. Il savait, lui aussi, que les femmes n'ont pas le droit d'aller et venir librement.

Plus tard, alors que j'étais déjà adolescente, un groupe de chanteurs est venu donner un spectacle dans notre ville. J'ai demandé à mes parents la permission d'y aller. Le spectacle ayant lieu en soirée, ils me l'ont refusé parce qu'il fallait qu'un homme m'accompagne. Une jeune fille ne doit pas sortir de chez elle le soir. Un jour de discussion très vive avec mon frère, sur un sujet banal, le ton a monté et nous nous sommes mis à crier si fort que nos parents sont intervenus. Ils m'ont immédiatement fait taire. Non parce que je disais des sottises, mais parce qu'une jeune fille ne doit jamais élever la voix. Elle ne doit rien laisser paraître de ses émotions ou de son excitation et elle doit être plus tolérante qu'un garçon.

À la maison, bien que des personnes de ma famille m'aient appris à jouer aux cartes, je n'avais pas la permission de participer aux parties de cartes des adultes. Je jouais bien, mieux que tout le monde, mais les femmes n'ont pas le droit de jouer aux cartes et on ne m'acceptait pas parce que j'étais une fille. Je n'avais pas la permission non plus de recevoir des garçons chez nous. Un jour où deux amis étaient venus me voir, j'ai voulu leur faire du thé mais je n'ai pas pu car mes parents ont rapidement déclenché un tollé. Qui étaient ces garçons ? Que venaient-ils faire ici ? Que voulaient-ils ? Le lendemain, je m'en souviens encore, deux amies sont venues à la maison voir mon frère aîné. Mon père leur a parlé et ma mère leur a offert du porridge aux œufs. Et pendant trois jours, j'ai remarqué que mon frère n'arrêtait pas de sourire…

Les femmes ne décident pas de ce qui est permis ou interdit pour elles. Qui tient les rênes de la société ? Uniquement des hommes. Ce sont eux qui décident de tous leurs gestes. Si elles ne sont pas satisfaites, elles devront le payer. Les interdits imposés aux femmes sont cent fois plus nombreux que ceux imposés aux hommes dans notre code social. Et mille fois plus nombreux dans la tradition religieuse.

Ces interdits qui m'ont été imposés durant mon enfance et mon adolescence pèsent encore sur la plupart des jeunes filles des classes moyennes. Ils sont différents si leurs familles sont plus riches ou plus pauvres. Mais ce sont toujours des interdits. Des impératifs auxquels toute femme, dit-on, est absolument tenue de se conformer.

DEUX POIDS, DEUX MESURES

Les agissements des filles sont par nature plus coupables que ceux des garçons et leurs conséquences sont beaucoup plus fâcheuses. Une jeune personne à l'allure négligée, qui ne mange pas régulièrement, ne se lave guère et passe son temps à flâner dans les rues en refusant de rester chez ses parents suscitera l'admiration s'il s'agit d'un garçon, mais la réprobation s'il s'agit d'une fille. Une fille doit prendre son bain et ses repas à heure fixe. Son corps doit être propre, et à table, elle ne doit pas prendre trop de viande ou de poisson ; elle doit se contenter de peu, même quand elle a encore faim. Elle doit aussi se consacrer avec ardeur au ménage, à la cuisine, à la broderie, à la décoration de la maison, et l'on n'aimera pas qu'elle ne déploie aucun talent dans ce domaine. Chez un garçon, l'absence de compétences domestiques n'est pas un mal. Chez une fille, c'est une catastrophe. Un garçon a le droit de passer ses après-midi à s'amuser. Une fille qui s'amuse l'après-midi perd tout crédit aux yeux de sa famille et de la société.

La plupart des garçons s'intéressent surtout à la beauté des filles qui leur tournent le dos. Un jour où j'ai regardé un ravissant jeune homme dans la rue, la personne de ma famille qui m'accompagnait en a éprouvé une terrible honte ; il m'a dit qu'une jeune fille n'avait pas le droit de dévisager un jeune homme et que les gens n'appréciaient pas ce genre de comportement. Quand je lui ai répondu que les garçons ne se privaient pas de scruter les filles, il m'a dit qu'il n'y avait pas de mal à ça. Les garçons peuvent agir ainsi, mais moi qui suis une fille, je n'ai pas le droit de regarder avec insistance un beau garçon.

Lorsqu'une fille converse aimablement sur le toit-terrasse de sa maison avec le jeune homme d'à côté, elle provoque immédiatement un tollé dans son quartier ; pas lui. Si elle a l'audace de lui écrire quelques lignes après avoir reçu de lui une lettre fleuve, le garçon ne sera pas inquiété mais la fille aura toutes les chances d'être giflée. De même, les garçons peuvent se promener dans les jardins publics ; pas les filles. Quand elles vont dans les jardins publics, elles marchent à petits pas en silence, la poitrine serrée, car elles craignent de ne plus pouvoir sortir dans leur quartier si elles croisent une personne de leur entourage.

Si un garçon et une fille passent la nuit sous le même toit, le scandale n'atteindra pas le garçon mais la fille, comme la fumée noire d'une cheminée d'usine. S'ils ont une relation plus intime, c'est la fille et non le garçon qui en subira toutes les conséquences, à la fois sociales et physiques. Et si elle est enceinte, le garçon restera libre et n'aura pas à assumer la situation, tandis que l'opprobre laissera sur la jeune fille une marque indélébile que rien ne pourra effacer. L'acte qu'ils ont accompli ensemble ne suscitera pas les mêmes réactions pour chacun. Je n'ignore pas que chaque action déclenche une réaction qui sera différente selon la matière. Mais mon propos n'est pas ici d'évoquer la matière, ni même les espèces animales, mais les êtres humains. Pourquoi cette différence de réaction selon les êtres humains ? Pourquoi infliger la honte à la fille et non au garçon ?

Une jeune femme a quitté un jour son mari parce qu'il était alcoolique et polygame. Elle a cru que chacun serait bienveillant à son égard. Ses parents lui ont accordé un toit et de la nourriture, mais ils n'ont pas cessé de l'humilier parce qu'elle avait osé se séparer de son mari. On s'imagine qu'une femme est en sécurité quand elle vit avec un homme, et pour qu'elle soit en sécurité, dans notre société patriarcale, on s'empresse de lui trouver un autre mari. Or pour les femmes, le mariage est une loterie ; elles doivent accepter de vivre toute leur vie avec un homme sans savoir s'il est monogame ou polygame, s'il les battra ou non. Le nouveau mari de cette jeune femme est un barbare impuissant et avare ; il est obsédé par l'argent. Elle voudrait briser ses chaînes, sortir de cet enfermement, respirer à l'air libre, voir enfin la lumière. Mais elle a peur du scandale. Si elle part de nouveau, c'est elle qu'on accusera ; pas lui.

Un homme violent n'est jamais accusé des violences qu'il inflige à sa femme. La faute rejaillit sur la victime et non sur le coupable. Parce qu'un homme, aussi barbare soit-il, a toujours des excuses.

MAISON, PRISON, RELIGION

Je ne parviens pas à discuter plus de quinze secondes avec la plupart des femmes mariées. Dès qu'elles ouvrent la bouche, elles parlent de leur mari, des plats qu'il préfère, des vêtements qu'il aime porter. Elles n'ont rien d'autre à dire, aucune histoire personnelle à raconter. À travers ces propos, elles tentent de survivre socialement parce qu'elles croient ne pas avoir d'autre moyen de le faire.

Si leur mari leur offre un sari, des bijoux ou un arpent de terre pour leur prouver leur amour, elles sont complètement perdues. Les femmes faibles sont soumises à petit feu par ces objets de convoitise matérielle, certaines très vite, d'autres plus lentement. Cette obsession, qu'on confond avec le bonheur ici-bas, ressemble au trou d'eau qu'une grenouille serait fière de prendre pour un lac. Il suffit d'offrir à ces femmes quelque sari ordinaire, quelque breloque pour orner leurs oreilles ou leurs narines, et elles prennent aussitôt leurs quatre murs pour un vaste univers. Elles ont vendu leur liberté contre une petite maison. Les hommes ont oublié que la liberté était un droit humain fondamental. Ils savent pourtant qu'une maison ne peut tenir lieu d'univers pour quiconque, que c'est un abri privé où l'on s'adonne simplement au repos ou à ses occupations personnelles. Mais lorsqu'ils se marient, ils offrent à leur épouse une maison qui sera sa prison. Ils ne sont d'ailleurs pas les seuls à leur faire ce cadeau ; la société patriarcale les y incite aussi.

Une maison peut être un lieu de travail ou un cocon protecteur, mais elle ne peut pas devenir un objet de culte. Ceux qui imposent ce genre de croyance ne sont pas seulement irreligieux, ils sont inhumains.

LA FEMME INSTRUITE

Elle a fait des études supérieures, son mari aussi. Leur maison ressemble à un palais. Tout est bien rangé. Des meubles à la vaisselle, tout a été choisi avec goût. Salon, chambre à coucher, salle à manger, cuisine, je contemple et je suis ébahie. Chaque pièce, remplie d'objets d'importation, respire le luxe. Visiblement, ils ignorent les affres de la pénurie. Le décor m'étonne surtout : sofas précieux, lits, coiffeuses, parfums, produits de maquillage, armoires, télévision, magnétoscope, objets d'art... Il manque pourtant quelque chose. J'ai regardé partout, mais je n'ai trouvé qu'un seul livre dans une chambre. Il s'intitule *La Cuisine moderne*. J'éprouve une certaine répugnance à l'idée qu'après avoir fait la cuisine toute la journée, si elle décide de s'allonger un après-midi sur son lit et de lire un moment, cette jeune femme ouvrira un livre de recettes qui lui parlera encore de cuisine : la pomme de terre après les oignons, ou l'oignon après les pommes de terre.

Mais ça doit lui être égal. Les femmes instruites, de nos jours, s'intéressent davantage aux meubles et à la vaisselle qu'aux livres. Et la plupart des bibliothèques, quand on en trouve dans les maisons, sont garnies de romans anglais stupides et de livres bengalis médiocres uniquement destinés à épater le visiteur, ou de gros ouvrages intéressants à vocation plus décorative qu'intellectuelle.

La majorité des femmes qui fréquentent l'université, à mon avis, le font pour trouver un beau parti. Une fois mariées avec un garçon qui gagne bien sa vie, elles abandonnent leurs études. Comme leur mari craint d'avoir la vie difficile avec une femme trop instruite, il ne les encourage pas à terminer et préfère leur dire que les études ne servent à rien. Mais ne vaut-il pas mieux savoir doser les épices qu'avoir lu la montagne de romans à l'eau de rose publiés dans notre pays ?

CONVERSATIONS TÉLÉPHONIQUES LORS DES MANIFESTATIONS ÉTUDIANTES

28 novembre 1990

« Que disaient les informations de la BBC hier soir ?
— Je ne sais pas ; je vais demander à Kamal.
— Pourquoi, tu n'as pas écouté les informations ?
— J'ai tellement de choses à faire, avec mon fils qui passe bientôt son examen !
— J'ai appris que deux étudiants avaient été tués par balle tout près de chez toi.
— Je ne sais pas. Peut-être que Kamal est au courant.
— Tu n'as pas entendu les coups de feu ?
— Je n'ai pas fait attention, mais c'est vrai qu'hier ou avant-hier, il y a eu du bruit dans le quartier.
— Quel genre de bruit ? Des coups de fusil, des coups de pistolet, des explosions de cocktails molotov, des explosions de pétards ?
— Mon beau-frère a dit...
— Qu'est-ce qu'il a dit ?
— Je ne me souviens pas très bien.
— Qui a tiré ? La police ou les milices du gouvernement ?
— Je ne sais pas. Écoute, je n'ai pas de temps. Je m'occupe de la maison et j'ai tellement à faire !
— Mais tu dois quand même savoir comment s'appellent ces deux garçons tués tout près de chez

toi, la cause de leur mort, à quel endroit on a tiré ces coups de feu, pour quelle raison et pourquoi on a instauré le couvre-feu dans ce pays ! »

Bakul est l'une de mes amies. Elle est aussi intelligente et compétente que son mari Kamal, mais l'information politique et économique est le domaine réservé de Kamal. Elle ne s'y intéresse jamais. Elle fait le ménage, emmène son fils à l'école et l'aide à préparer son examen. Pendant qu'elle lui faisait réciter ses poèmes d'anglais, une manifestation est passée non loin de chez elle. C'étaient des étudiants, sur lesquels on a tiré. Elle a décidé de faire du riz au lait. Pour qu'il ait meilleur goût, elle a ajouté quelques graines de cardomone et des raisins secs.

Matinée du 29 novembre 1990

« Ça va malgré le couvre-feu ?
— Ne m'en parle pas, le frigo est vide !
— Il s'est passé quelque chose dans ta rue ?
— Ce matin, il a fallu obliger l'épicier à ouvrir pour obtenir notre demi-douzaine d'œufs.
— Et dans la rue principale, tu as vu des manifestations, des policiers, des étudiants ?
— Je ne suis pas sortie ; c'est la bonne qui est allée chez l'épicier.
— Mais dans ce quartier étudiant, que se passe-t-il ?
— C'est partout pareil. Personne, sauf Madame Alam, n'a pu se procurer du poisson ou de la viande.
— Il paraît que beaucoup de filles sont restées à la cité universitaire de Rokeya bien que le gouvernement les ait incitées à partir…
— Humayun en a discuté avec ses collègues professeurs ; je n'y étais pas.
— Tout va bien alors ?

— Prie pour moi. Le quartier est invivable. On n'est plus en sécurité. »

Momota est ma sœur. Pour elle, le quartier étudiant est invivable et elle attend avec impatience la levée du couvre-feu pour pouvoir faire ses courses. Une fois rentrée à la maison, elle découpera ses légumes, son poisson et sa viande, puis elle fera la cuisine. Je ne lui ai pas demandé ce qu'elle fera quand tout le pays sera plongé dans le malheur. Elle demandera sûrement aussi à son mari ce qu'il faut faire.

Soirée du 29 novembre 1990

« Ton frère était bien avec les manifestants sur lesquels la police a tiré ?

— Oui... C'est vraiment pénible ! Combien de fois je lui ai répété de ne pas y aller ! À quoi ça sert de manifester ! Papa et maman se font un sang d'encre à cause de lui.

— Pourquoi ?

— Il bousille son avenir !

— ... Tu peux me passer ta fille ? ... Allô, tu vas bien ?

— Je regarde des films vidéo toute la journée. C'est super !

— Et la télévision, tu la regardes ?

— Il n'y a que du sport. Ça m'ennuie ! Tu as vu *Rendez-vous de Septembre* avec Rock Hudson ? Je le trouve beau, Rock Hudson, quelle tristesse qu'il soit mort !

— Mais tu ne prépares pas tes examens ?

— Il n'y a plus d'examens ; l'école sera fermée pendant tout le mois de décembre... Quel dommage que la série d'Afjal Shuborna ne passe pas à la télé ce soir ! »

Ce sont des personnes de ma famille. Elles ont été élevées ainsi. Rien d'important ne les passionne et elles passent leurs journées à faire des choses sans intérêt.

30 novembre 1990

« Alors, il paraît que tu es partie de la cité universitaire ?
— Il le fallait !
— Et tu vas rentrer chez tes parents ?
— Oui, dès que le couvre-feu sera levé.
— Mais tu peux rester à Dacca, chez ton oncle...
— Je n'y tiens pas. Il y a tellement d'agitation ici !
— Tu es étudiante dans la meilleure université du Bangladesh et tu as peur de l'agitation ?
— Euh ... Je préfère passer ma journée dans ma chambre à lire le Coran.
— Tu ne vas pas manifester ?
— Tu es folle !
— Et où étais-tu pendant les affrontements de la cité Suryasen et de la cité Muhsin ?
— Dans ma chambre.
— Tu n'es pas sortie ?
— Je n'allais pas descendre dans l'arène !
— Mais les garçons de ta classe y étaient, et ce sont tes amis, non ?
— J'avais peur qu'il ne m'arrive quelque chose !
— Eux aussi, il aurait pu leur arriver quelque chose...
— Mais les garçons peuvent courir.
— Et les filles, elles n'ont pas de jambes ? »

Dina est une étudiante chic qui a peur des manifestations. Les gens qui ont une conscience politique dans ce pays s'affrontent au danger, participent à un mouvement, descendent dans l'arène, tandis que les jeunes filles instruites restent tranquillement dans leur chambre à lire le Coran.

SÉGRÉGATION

Le 1er décembre 1990, les trois coalitions de l'opposition ont publié une plate-forme commune de revendications. Au onzième paragraphe de leur texte, on lit ceci : « Il faut mettre en œuvre tous les programmes d'action auxquels ont souscrit les étudiants, les jeunes, les femmes, les journalistes, les médecins, les enseignants, les avocats, les ingénieurs, les intellectuels, les artistes, les techniciens de la télévision et de la radio, ainsi que d'autres professions. »

N'y a-t-il pas des étudiantes parmi les étudiants ? Des filles parmi les jeunes, des femmes journalistes ou médecins, intellectuelles ou techniciennes des médias ? Pourquoi mentionner les femmes séparément ? Quel est le but de cette ségrégation sociale ?

Ce n'est pas seulement parce que les femmes ont peur qu'elles ne participent pas aux manifestations, évitent de s'exposer aux coups de feu, ne s'intéressent pas aux événements politiques et restent terrées chez elles à regarder la télévision. C'est aussi parce qu'on les exclut.

Pourquoi en faire une catégorie sociale à part, pas même fondée sur leur activité économique mais seulement sur leur sexe ? À force de les exclure, on finira par les jeter à la poubelle.

DÉPENDANCE

Il arrive souvent que les femmes soient contrariées lorsque leurs maris trouvent eux-mêmes leurs chaussettes, leur mouchoir, leur cravate ou leurs boutons de manchettes car elles espèrent qu'ils auront besoin d'elles pour tout, que leur vie quotidienne sera perturbée quand elles ne seront pas là et qu'ils éprouveront un manque cruel en leur absence. Très consciemment, elles les rendent dépendants d'elles. Car s'ils étaient capables de s'assumer tout seuls, s'ils n'avaient plus besoin d'elles pour faire à manger, préparer leur bain, prendre soin de leurs vêtements, cirer leurs chaussures et trouver leurs chaussettes, elles seraient en danger. Au cas où les liens d'affection viendraient à se rompre, elles n'auraient plus rien. C'est pourquoi elles tissent ces liens solides de dépendance qui subsisteront, pensent-elles, plus longtemps.

Cette ruse pitoyable vise à leur permettre de rester en paix avec leurs maris. Les femmes sont tellement opprimées dans notre société qu'elles sont obligées de jouer la comédie jusque chez elles. On ne leur accorde jamais un toit ni un minimum de sécurité sans évaluer constamment leurs performances domestiques. À la moindre erreur, elles redoutent la catastrophe.

FEMMES RANGÉES

Les femmes sont comme les vêtements : on les aime propres, on apprécie leur élégance, on n'hésite pas à les jeter quand on s'en est trop servi et on les range quand on n'en a pas besoin. Comme les vêtements sont posés sur des cintres dans les armoires, certaines femmes sont accrochées à des cintres invisibles chez leurs maris, qui les utilisent en cas de besoin.

DIALOGUE

L'autre jour, au cours d'une cérémonie, une dame est venue s'asseoir à mes côtés. Elle voulait faire connaissance avec moi et nous avons donc engagé la conversation. Elle m'a posé une foule de questions. Elle m'a demandé ce que faisait mon mari, quel était son prénom, son nom, où il habitait, combien il avait de frères et sœurs, ce que faisaient ses frères, si ses sœurs étaient mariées, ce que faisaient leurs maris, combien elles avaient d'enfants, s'ils faisaient des études, quelles études, ce que faisait mon beau-père, où en était la carrière de mon mari, ce que faisaient les oncles paternels de mon mari, comment se portaient ses tantes maternelles et paternelles depuis leur mariage, combien gagnait mon mari, pourquoi il n'était pas là, s'il était très occupé, si sa santé était bonne, quels étaient ses plats préférés, s'il faisait la sieste, à quelle heure il se couchait, s'il avait bon caractère, quelles chansons il aimait entendre, quelles étaient ses émissions favorites à la télévision, comment il s'habillait...

Pendant une heure et demie, je lui ai répondu. Elle m'a quittée en me disant qu'elle avait été très heureuse de faire ma connaissance. Mais à aucun moment, je le jure, elle n'a pris la peine de me demander qui j'étais, où j'habitais, ce que faisaient mes parents, quel était mon métier et mon prénom. Elle m'a parlé pendant une heure et demie et elle ne sait toujours pas comment je m'appelle.

RACISME

Un garçon, qui a manifesté toute la journée pour la libération de Nelson Mandela, lance à sa mère avec insolence, une fois rentré à la maison, « Si elle n'a pas le teint clair, je refuse de l'épouser ». Quant à savoir si la jeune fille en question est instruite, si elle a du goût et une bonne éducation, lui et ses parents s'en moquent. Ils veulent surtout s'assurer de la couleur de sa peau. La pigmentation dépend des chromosomes, du climat, de l'eau et de la nourriture ; dans notre pays, elle est brune. Mais quand il s'agit de la beauté des jeunes filles, elle devient une obsession. Peu importe leur personnalité ; on s'intéresse uniquement à la couleur de leur peau et à la forme de leur nez, de leurs yeux ou de leur bouche. Le racisme n'existe pas seulement en Afrique ; il est très répandu aussi dans les familles du tiers-monde.

UNE CHAMBRE À SOI

Je cherche une chambre, un refuge pour dormir la nuit, pour reposer mes pieds fatigués et mon corps épuisé après mes huit heures de travail à l'hôpital. J'y ferai tout ce que j'aime : marcher nue après ma douche, chanter à tue-tête, siroter longuement du thé à petites gorgées avant d'écrire un beau poème. Je cherche un petit territoire dans la ville où je puisse m'asseoir en paix et parler avec quelqu'un. Je n'ai jamais loué de chambre et je gagne si peu d'argent que je ne peux envisager un appartement plus grand qui aurait aussi un salon et une salle à manger. Mais depuis mon enfance, je rêve d'une maison, d'une belle maison.

J'ai demandé à vingt-cinq personnes de me trouver une chambre. Vingt d'entre elles ont aussitôt cessé de me voir ; les cinq autres m'ont répondu que les loyers étaient trop chers et que le quartier où elles vivaient était fréquenté par des voyous. J'ai visité six appartements. Chaque fois, les propriétaires m'ont posé la même question : combien serez-vous ? Je leur ai répondu que nous serions deux, Lili, la petite fille de 11 ans qui s'occupe du ménage, et moi. Le fait que je sois célibataire aurait dû réjouir les propriétaires. Mais non. Ils n'appréciaient pas que je vive seule. Ils exigeaient plus : la présence d'un homme ; n'importe qui pourvu qu'un homme vive avec moi.

Qu'importe si je veux vivre sans homme ou si je ne supporte pas la vie conjugale ! Qu'importe si je n'ai pas besoin d'un homme dans ma vie ! Aux propriétaires, il en faut un ! Les gens riches, qui ont pignon sur rue, ont besoin d'un homme pour louer une chambre.

Et dans cette ville de Dacca où je change sans cesse d'appartement, je n'ai pas une pièce à moi pour rire à gorge déployée, pour écouter mon père, assis à mes côtés, me parler d'autrefois, pour me réfugier dans les bras de ma sœur et l'entendre chanter : « Voilà ton amour, ô toi qui m'as volé mon cœur », et pour accueillir mon frère aîné quand il a envie de passer toute la journée à dormir parce qu'il est de mauvaise humeur.

Dans *Une Chambre à soi*, que j'ai lu d'un trait, toute une nuit, Virginia Woolf montre que les obstacles sociaux et économiques sont la cause des difficultés des femmes. Pour qu'une femme écrivain accède à la notoriété au même titre qu'un homme, dit-elle, elle doit vaincre des obstacles aussi redoutables que l'oppression patriarcale, les préjugés et le manque de moyens. Avoir une chambre à elle est un moyen d'échapper à cette situation. Une chambre dont elle possèdera la clef et où elle pourra jouir de la même liberté que ses frères.

LIBERTÉ DE MOUVEMENT POUR LES FEMMES !

J'ai fait un voyage en Inde et lorsque je raconte que je suis allée à Calcutta, à Delhi, à Agra, à Jaipur, à Simla, au Cachemire, mes interlocuteurs me demandent aussitôt avec qui j'étais. Je me réjouis d'évoquer les glaciers qui couvrent les montagnes, le tunnel de Banihale, les téléskis de l'Himalaya, les cabanes de chasse et les maisons-bateaux du lac Dal au Cachemire, mais ils me demandent immanquablement qui était avec moi. Je leur réponds que j'étais seule. Seule ? Une jeune femme ne peut voyager seule ! Ils ne me croient pas. Mon périple à l'Université Shantiniketon, sur les plages de Digha, au Cap Comorin ne les intéresse plus. Une seule chose les obsède : qui était avec moi ?

Un jour où j'ai dit que j'étais partie avec mes amies Atashi, Krishnakoli et Mallika, ils m'ont demandé « Et qui d'autre ? » Personne, ai-je répondu. « Vous n'étiez pas avec un homme ? », ont-ils insisté. Mais non, aucun. Ils étaient sidérés. Le fait que je sois avec des femmes leur importait peu. J'aurais pu partir avec sept amies. Le problème, c'était qu'aucun homme ne m'accompagnait. Un garçon de mon âge qui serait rentré d'un voyage solitaire à Darjeeling, à Simla ou au Cachemire aurait suscité leur émerveillement : quelle audace ! quelle culture ! quel sens aristique ! quelle expérience passionnante ! Mais moi, pour aller simplement au Bangladesh voir la mer ou les temples sur les collines de Shitakunda, pour visiter les monastères bouddhistes de Shalvana, passer un après-midi au lac Kaptai ou me baigner dans le Gange, je devais être en compagnie d'un homme.

Quel que soit leur âge, les femmes n'ont pas le droit de s'éloigner de chez elles sans être avec un homme. Dans les autobus, les contrôleurs leur demandent où est celui qui les accompagne. Ils n'imaginent pas qu'elles puissent voyager seules, c'est-à-dire sans homme. Dans beaucoup d'endroits, d'ailleurs, les femmes qui se déplacent seules ont des difficultés. Et si leur compagnon n'est pas leur mari ou un proche parent, les questions fusent aussitôt : qui est-ce ? que font-ils ensemble ? On oblige sciemment les femmes à dépendre des hommes.

Certaines femmes jeunes ou issues des milieux aisés qui vont toutes seules rendre visite à leur famille ou faire leurs courses au supermarché pensent que toutes les femmes sont libres de leurs mouvements. Elles croient au prince charmant. La chaîne qui nous attache les pieds est très solide et si nous ne faisons rien nous-mêmes, personne ne viendra nous en délivrer.

Actuellement, les femmes aiment porter des bracelets aux pieds. Ceux qui ont inventé cette mode avaient une arrière-pensée : ils savaient pertinemment que le tintement de ces bijoux signalerait à tout moment nos allées et venues. Il faut être idiote pour porter ces maudites entraves et croire qu'elles embellissent les pieds.

HINDOUS ET MUSULMANS *

Ils venaient cueillir dans notre jardin des feuilles de l'arbre *bel* pour leurs cultes. Quand nous allions chez eux pour la fête de la déesse Laxmi, ils nous offraient des boulettes au sésame et à la noix de coco. Au petit matin, ils venaient chercher des fleurs dans notre jardin. Lors de la fête de la déesse Durga, nous partions le soir avec eux assister aux cérémonies. Le dernier jour, avant d'immerger la statue dans la rivière, nous célébrions comme eux le culte de la déesse en brûlant de l'encens et en allumant des petites lampes de terre cuite. Pour le Ramadan, nous les invitions à manger du pilaf et du curry. Nous étions tous très heureux.

Un jour, nous sommes allés au bord de la rivière Kaliganga à Manikganj pour la fête de la déesse Sasarsvati. La cérémonie avait eu lieu dans une cour, en face de l'école fréquentée par de nombreux adolescents musulmans. Bien sûr, ce ne sont pas eux qui ont eu l'idée de lapider la statue au point de lui faire des trous dans le front.

À cause d'une histoire de mosquée en Inde, à Ayoddha, des mécréants qui se disent musulmans

*80% des Bangladeshis sont musulmans et 15% sont hindous. Les hindous constituent une minorité. (NdT)

ont égorgé au Bangladesh des Hindous qui ne leur avaient rien fait. Ils ont pillé leurs maisons et leurs boutiques en toute impunité. Près de chez nous, les temples hindous ont été saccagés. Ma mère, terrorisée, hésitait devant un morceau de brique arraché à l'un de ces temples ; elle se demandait s'il n'appartenait pas à une mosquée.

Si les lieux de culte anéantissent les liens d'amitié entre les êtres humains, qu'ils soient tous détruits dans le monde entier : temples, mosquées, églises, pagodes. L'amitié et les êtres humains sont plus précieux que les briques et le ciment.

MADAME LE PREMIER MINISTRE, MADAME LE LEADER DE L'OPPOSITION,

« Les femmes sont tellement libres dans votre pays que vous avez une femme Premier ministre », m'a dit un jour avec enthousiasme un étranger avec lequel je parlais du Bangladesh. J'ai été abasourdie. Certes, notre Premier ministre est une femme, et le leader de l'opposition aussi. Mais est-ce parce que les femmes sont libres et bénéficient des mêmes droits que les hommes ? Aucunement. J'ai expliqué à mon interlocuteur que ces deux femmes avaient obtenu ces hautes responsabilités politiques l'une grâce à son père, l'autre grâce à son mari. Leurs compétences intellectuelles et leurs autres talents n'y étaient pour rien. N'est-ce pas Madame le Premier ministre et Madame le leader de l'opposition ? Vous qui gouvernez aujourd'hui le pays, c'est bien au nom de votre père et de votre mari que vous occupez ces fonctions si importantes ?

J'en éprouve cependant de la fierté parce que vous êtes des femmes. Mais à quoi bon l'être si vous ne faites rien pour changer les lois iniques et le système social calamiteux de ce pays alors que vous avez toutes les deux les moyens de le faire ? Je ne fais pas allusion à des projets de réforme constitutionnelle, ni à la protection sociale, ni aux taxes, encore moins à l'inflation, mais aux femmes.

Aux femmes épuisées, usées, malades, illettrées, aveugles ou sourdes du tiers-monde.

Dès votre entrée en politique, vous vous êtes empressées de porter le voile. Vos confrères politiques, eux, ne portent ni la barbe ni le couvre-chef que l'Islam impose aux hommes. Mais dans notre pays, comme les femmes doivent se conformer plus que les hommes aux traditions religieuses, vous vous êtes soumises, n'est-ce pas mesdames ? Vous n'aviez sûrement pas l'habitude, ni l'une ni l'autre, de vous couvrir la tête avec le pan de votre sari. Les femmes qui ont, comme vous, fréquenté l'université ou épousé un lieutenant général se voilent rarement la tête. Si vous le faites aujourd'hui, c'est parce que les hommes qui vous entourent vous l'ont suggéré pour plaire au peuple. Vous voulez le séduire en dissimulant votre cervelle sous le tissu.

À mon avis, vous commettez une grave erreur. Vous n'avez sûrement pas oublié à quel point les interdits vous menacent de toutes parts, à droite, à gauche, au nord-est, au sud-ouest. Aucune de nous ne peut les oublier puisqu'ils nous rappellent constamment que nous sommes nées femmes. Mais n'êtes-vous pas lasses de tous ces interdits ? Vous l'êtes assurément, comme toutes les femmes. Alors pourquoi n'agissez-vous pas ? Vous détenez l'autorité, vous exercez le pouvoir ; s'il n'est pas vrai que les hommes qui vous entourent vous dictent votre conduite et vos décisions, pourquoi ne protestez-vous pas contre l'oppression que nous subissons ? N'éprouvez-vous aucune honte de savoir que le témoignage d'une femme n'a pas autant de valeur que celui d'un homme et qu'au tribunal, la parole d'un homme équivaut à celle de deux femmes ?

Lorsqu'on vitriole aujourd'hui une femme, on en

violera une autre demain, et on en assassinera une troisième après-demain. Ces crimes sont quotidiens au Bangladesh et leurs auteurs parviennent à échapper de diverses manières aux poursuites judiciaires. Va-t-on continuer de les laisser agir en toute impunité ? Madame le Premier ministre, nous sommes fières que vous soyez une ancienne résistante et je vous prie d'agréer pour cela mes sentiments les plus respectueux. Mais si vous circulez en ville entourée d'une protection policière, nous ne bénéficions pas d'une telle sécurité. Un détour par les rues dans l'obscurité de la nuit suffirait à vous en convaincre. Vous sentiriez des mains perverses se poser sur vous, vous verriez comment les hommes vous prendraient pour une prostituée. Et vous, Madame le leader de l'opposition, avez-vous déjà vu de vos yeux le nombre de femmes qui font des passes à 10 ou 20 takas sur les trottoirs de la ville ? À les voir se vendre ainsi, n'auriez-vous pas le sentiment que c'est vous-même qu'on brade pour rien, comme un vulgaire kilo de pommes de terre ? Aussi haut placée que vous soyez, vous ne pouvez pas ignorer ces réalités. Vous êtes des femmes, et si vous ne prenez aucune mesure pour supprimer les bordels et réinsérer les prostituées, qui va le faire ?

Vous occupez vos fonctions au nom de votre père et de votre mari. Il se peut que vous ayez choisi de faire une carrière politique pour venger leur mort. Mais si vous avez des projets plus ambitieux, s'il vous paraît urgent d'en finir avec les mariages d'enfants, la polygamie, les rapts de femmes, les viols, les meurtres de jeunes épouses, je suis certaine que vous agirez avec davantage de conviction que vos collègues masculins.

Disposer de biens à soi est une nécessité pour vivre en société et garder sa dignité. Or les lois islamiques sur l'héritage sont humiliantes à bien des égards pour les femmes. Les hommes ont droit au quart des biens de leur épouse si elle vient à décéder, et à la moitié s'ils n'ont pas eu d'enfants. Mais les femmes au huitième seulement des biens de leur mari et au quart si elles n'ont pas eu d'enfants. Pourquoi cette discrimination ? Lorsqu'un couple a deux enfants, une fille et un garçon, la fille obtient une part égale à la moitié de celle de son frère ; lorsque ce couple a un enfant unique, en l'absence de tout autre ayant-droit, l'enfant hérite de la totalité des biens de ses parents si c'est un garçon, mais de la moitié si c'est une fille. Pourquoi de telles inégalités ?

Il faut supprimer les inégalités non seulement entre riches et pauvres mais entre hommes et femmes. Au cas où l'on ne parviendrait pas à établir l'égalité en matière de succession, mieux vaudrait nationaliser les patrimoines familiaux. Ce serait la décision la plus sage. Or c'est impensable car les diverses forces qui vous maintiennent au pouvoir s'y opposent : vos conseillers politiques, l'Islam du Moyen-Orient, les pays impérialistes et les organismes d'aide internationale.

Vous vous contentez donc de représenter votre mari. Vous ressemblez à ceux qui ont renoncé à toute forme de vie consciente. Vous avez perdu toute sensibilité, tout jugement, toute autorité et toute capacité de décision.

FEMMES, MANIFESTEZ-VOUS !

Dans le tiers-monde, une femme ne peut pas diriger un parti politique si elle n'est pas la fille ou la femme d'un homme politique de premier plan.

Femmes du tiers-monde, si vous êtes des êtres humains, si vous êtes courageuses, créez votre propre parti politique. Vous n'irez pas loin si vous dépendez de votre mari ou de votre père. Inventez vos propres slogans! Manifestez-vous ! Et si quelqu'un doit lever le poing, que ce soit le vôtre !

TABLE DES MATIÈRES